Zee van rust

Van Emily St. John Mandel verschenen eerder

Station Elf
Het glazen hotel

Emily St. John Mandel

Zee van rust

Roman

Vertaald door Lucie Schaap

Uitgeverij Atlas Contact
Amsterdam/Antwerpen

Dit boek is fictie. Alle namen, personages, plaatsen en gebeurtenissen zijn ontsproten aan de fantasie van de schrijver of zijn fictief gebruikt. Elke gelijkenis met bestaande personen, levend of dood, gebeurtenissen of achtergronden berust op louter toeval.

Oorspronkelijke titel *Sea of Tranquility*
Oorspronkelijke uitgave Alfred A. Knopf, New York
Omslagontwerp Marinka Reuten
Omslagbeeld Stephen Coll/Millennium Images UK
Foto van de auteur Sarah Shatz
Ontwerp typografie binnenwerk Wim ten Brinke
Drukkerij Wilco

ISBN 978 90 254 7238 2
D/2022/0108/539
NUR 302

www.atlascontact.nl

MIX
Papier van verantwoorde herkomst
FSC® C004472

Voor Cassia en Kevin

INHOUD

I

Verbanning /

1912

I

Edwin St. John St. Andrew torst met zijn achttien jaar het gewicht van zijn dubbel geheiligde naam per stoomschip de Atlantische Oceaan over. Met zijn gehandschoende handen om de reling geslagen en zijn ogen half toegeknepen tegen de wind staat hij op het bovendek ongeduldig uit te kijken naar een glimp van het onbekende, probeert iets – wat dan ook! – te onderscheiden voorbij zee en lucht, maar ziet alleen maar eindeloze grijstinten. Hij is op weg naar een andere wereld, bevindt zich thans ongeveer halverwege tussen Engeland en Canada. Ze zenden me in ballingschap, zegt hij tegen zichzelf, en hij weet dat dat melodramatisch is, wat niet wegneemt dat er een kern van waarheid in zit.

Edwin stamt onder anderen af van Willem de Veroveraar. Als Edwins grootvader sterft, wordt zijn vader een graaf. Edwin heeft twee van de beste scholen van het land bezocht, maar in Engeland was nooit echt een toekomst voor hem weggelegd. Er zijn maar weinig beroepen die een heer kan beoefenen en geen daarvan trekt Edwin. Het familiebezit zal overgaan op zijn oudste broer, Gilbert, hijzelf zal niets erven. (De middelste broer, Niall, zit al in Australië.) Edwin had mogelijk wat langer in Engeland kunnen blijven, ware het niet dat hij er stiekem radicale opvattingen op nahoudt, iets wat tijdens een etentje onverwachts aan het licht kwam en zijn lot in een stroomversnelling bracht.

In een opwelling van wild optimisme heeft Edwin in het scheepsmanifest als beroep 'boer' opgegeven. Pas later, als hij staat te mijmeren op het dek, bedenkt hij dat hij nooit ook maar een schop heeft aangeraakt.

2

In Halifax neemt hij zijn intrek in een pension nabij het water, waar hij een hoekkamer op de eerste verdieping weet te bemachtigen, met uitzicht over de haven. Bij het ontwaken de eerste ochtend wordt hij vergast op een heerlijk levendig tafereel buiten voor zijn raam. Een groot koopvaardijschip heeft aangemeerd en hij is dichtbij genoeg om het joviale gevloek te horen van de mannen die vaten, zakken en kisten uitladen. Die eerste dag zit hij grotendeels bij het raam naar buiten te kijken, als een kat. Hij had overwogen onmiddellijk door te reizen naar het westen, maar het is zo makkelijk om in Halifax te blijven hangen, waar hij ten prooi valt aan een persoonlijke zwakte waarvan hij zich al heel zijn leven bewust is: al kan Edwin daadkrachtig zijn, hij neigt tot daadloosheid. Hij zit graag bij het raam. Buiten is het een voortdurend komen en gaan van mensen en schepen. Hij wil niet vertrekken, dus blijft hij.

'O, gewoon aan het uitvogelen wat ik hierna zal doen,' zegt hij tegen de pensionhoudster als ze voorzichtig naar zijn plannen informeert. Ze heet mevrouw Donnelly en komt uit Newfoundland. Haar accent fascineert hem. Ze klinkt alsof ze afkomstig is uit Bristol en tegelijk ook uit Ierland, maar soms hoort hij dan ineens Schotland. De kamers zijn schoon en ze is een voortreffelijke kok.

Matrozen trekken stoeiend en duwend golfsgewijs langs zijn raam. Ze kijken zelden op. Hij slaat ze graag gade, maar durft niet op hen af te stappen. Ze hebben trouwens elkaar al. Als ze dronken zijn, slaan ze hun armen om elkaars schouders en voelt hij een scherpe afgunst.

(Zou hij naar zee kunnen gaan? Natuurlijk niet. Hij verwerpt het idee zodra het bij hem opkomt. Hij heeft ooit eens gehoord van iemand die net als hij van huis gestuurd was en die voor een geheel nieuw leven als matroos koos, maar Edwin is een lid van de nietsdoende klasse pur sang.)

Hij geniet ervan om de schepen te zien aankomen, stoomschepen die de haven binnenvaren, hun dek nog doortrokken met de geest van Europa.

Hij maakt 's ochtends een wandeling en 's middags weer een. Naar de haven, landinwaarts naar rustige woonwijken, de winkeltjes met de gestreepte luifels aan Barrington Street in en weer uit. Hij neemt graag de elektrische tram tot de eindhalte en weer terug en kijkt naar de overgang van kleinere huizen naar grotere en uiteindelijk naar de kantoorgebouwen in het centrum. Hij vindt het leuk om dingen te kopen die hij niet per se nodig heeft: een brood, een paar ansichtkaarten, een bos bloemen. Zo kun je je leven inrichten, denkt hij bij zichzelf. Zo eenvoudig kan het zijn. Geen gezin, geen betrekking, alleen een paar eenvoudige geneugten en schone lakens om aan het eind van de dag tussen te kruipen, een vaste toelage van thuis. Een eenzaam bestaan kan heel genoeglijk zijn.

Hij begint om de paar dagen bloemen te kopen, die hij in een goedkope vaas op zijn ladekast zet. Hij zit lange tijd naar ze te kijken. Hij wou dat hij een kunstenaar was, dan kon hij ze tekenen en ze al doende meer in detail zien.

Zou hij kunnen leren tekenen? Hij heeft tijd en geld. Waarom niet. Hij informeert ernaar bij mevrouw Donnelly, die ernaar informeert bij een vriendin, en niet veel later staat Edwin in de salon van een vrouw die opgeleid is als kunstschilder. Vele stille uren staat hij bloemen en vazen te tekenen. Hij leert de grondbeginselen van licht en schaduw en verhoudingen. De vrouw heet Laetitia Russell. Ze draagt een trouwring, maar het is onduidelijk waar haar echtgenoot zich bevindt. Ze woont in een keurig houten huisje met drie kinderen en haar zus, die weduwe is en als discrete chaperonne in een hoek van de kamer eindeloos sjaals zit te breien, zodat Edwin de rest van zijn leven tekenen met het getik van breinaalden associeert.

Hij zit al zo'n zes maanden in het pension als Reginald arriveert. Reginald, ziet hij meteen, heeft geen aanleg voor daadloosheid. Reginald heeft onmiddellijke plannen om westwaarts te reizen. Hij is twee jaar ouder dan Edwin, heeft eveneens op Eton gezeten, is de derde zoon van een burggraaf en heeft prachtige ogen, diep grijsblauw van kleur. Net als Edwin is hij voornemens zich als herenboer te vestigen, maar in tegenstelling tot Edwin heeft hij daadwerkelijk stappen ondernomen om dat te bewerkstelligen en staat hij in briefcontact met een man die een boerderij in Saskatchewan wil verkopen.

'Zes maanden,' herhaalt Reginald bij het ontbijt met licht ongeloof. Hij houdt even op met jam smeren op zijn geroosterde boterham, ogenschijnlijk onzeker of hij het goed heeft gehoord. 'Zes máánden? Zes maanden híér?'

'Ja,' zegt Edwin luchtig. 'Zes uitermate aangename maanden, mag ik wel zeggen.' Hij probeert oogcontact te maken met mevrouw Donnelly, maar al haar aandacht gaat uit naar het inschenken van de thee. Ze denkt dat hij een beetje getikt is, dat heeft hij wel in de gaten.

'Interessant.' Reginald smeert de jam uit. 'Ik mag aannemen dat we niet stilletjes hopen binnenkort weer naar huis te mogen. Of wel? We klampen ons toch niet vast aan de rand van de Atlantische Oceaan om zo dichtbij als mogelijk bij vorst en vaderland te blijven?'

Dit steekt een beetje, dus als Reginald de week erop naar het westen vertrekt, neemt Edwin zijn uitnodiging aan om hem te vergezellen. Actief zijn is plezierig, concludeert hij als de trein de stad uitrijdt. Ze reizen eerste klas in een verrukkelijke trein met aan boord een postkantoor en een herenkapper, waar Edwin een ansichtkaart aan Gilbert schrijft en tijdens een ontspannen scheer- en knipbeurt door de treinramen naar de langstrekkende bossen, meren en stadjes kijkt. Als de trein in Ottawa stopt, stapt hij niet uit, maar blijft aan boord en tekent de lijnen van het station.

De bossen, meren en stadjes gaan over in uitgestrekte vlaktes. De prairies zijn aanvankelijk interessant, dan eentonig en uiteindelijk naargeestig. Het is gewoon te veel van hetzelfde, het gaat maar door, dat is het probleem. De schaal klopt niet. De trein kruipt als een duizendpoot door eindeloos grasland. Hij kan van horizon tot horizon zien. Hij voelt zich griezelig onbeschut.

'Dit is pas leven,' zegt Reginald als ze uiteindelijk hun bestemming bereiken en hij in de deur van zijn nieuwe boerenhuis staat. De hoeve ligt een paar kilometer buiten Prince Albert. Het is er één grote modderzee. Reginald heeft de boerderij ongezien overgenomen van een doodongelukkige Engelsman van achter in de twintig – nog zo'n van huis gestuurde jongeling, vermoedt Edwin – die er hier werkelijk niets van terechtgebracht heeft en weer onderweg is naar het oosten om in Ottawa ergens op een kantoor te gaan werken.

Reginald doet hard zijn best om niet aan die man te denken, dat kan Edwin zien.

Kan een huis bezeten zijn van mislukking? Als Edwin naar binnen stapt, voelt hij zich onmiddellijk onbehaaglijk, hij blijft daarom liever op de veranda. Het is een degelijk gebouwd huis, de vorige eigenaar zat ooit goed bij kas, maar het is een ongelukkig oord, op een manier die Edwin niet helemaal kan verwoorden.

'Er is hier... enorm veel lucht, hè?' zegt Edwin voorzichtig. En enorm veel modder. Werkelijk een verbluffende hoeveelheid modder, die zo ver het oog reikt onder de zon ligt te glinsteren.

'Alleen maar uitgestrekte vlaktes en frisse lucht,' zegt Reginald, zijn blik gericht op de gruwelijk eentonige horizon. In de verte ziet Edwin een andere boerderij, de omtrekken wazig op zo'n grote afstand. De hemel is agressief blauw. Die avond eten ze roerei, het enige gerecht dat Reginald kan koken, met gezouten ham. Reginald lijkt in zichzelf gekeerd.

'Het is vast flink aanpakken op zo'n boerderij,' zegt hij na een tijdje. 'Fysiek zwaar.'

'Dat denk ik wel.' Als Edwin zichzelf in de nieuwe wereld voorstelde, had hij zich altijd op zijn eigen boerderij voor zich gezien, in een frisgroen landschap van, ja, van wat, een of ander onbestemd gewas, keurig maar ook uitgestrekt. Over wat het boerenwerk feitelijk zou kunnen inhouden heeft hij eerlijk gezegd nooit echt nagedacht. Paarden verzorgen, vermoedt hij. Een beetje tuinieren. Akkers omspitten. En dan? Wat doe je eigenlijk met de akkers nadat je ze hebt omgespit? Waar spit je naar?

Het voelt alsof hij op de rand van een afgrond balanceert. 'Reginald, kerel,' zegt hij, 'valt hier ook ergens een slok whisky te krijgen?'

'Je óógst,' zegt Edwin tegen zichzelf, inmiddels aan zijn derde whisky. 'Zo heet dat. Je spit de akkers om, je zaait spul op de akkers, dan oogst je.' Hij neemt een slokje.

'Wát oogst je dan?' Reginald heeft een prettige dronk, alsof niets hem zou kunnen krenken. Hij zit achterover geleund op zijn stoel in het niets te glimlachen.

'Ja, dat is het 'm nou juist. Dat is het 'm,' zegt Edwin, en hij schenkt zichzelf nog een glas in.

3

Een maand vol whisky later laat Edwin Reginald achter op zijn nieuwe boerderij en trekt verder westwaarts om daar Thomas te ontmoeten, een oude schoolvriend van zijn broer Niall die Noord-Amerika via New York heeft bereikt en spoorslags doorgereisd is naar het westen. De treinreis door de Rocky Mountains beneemt Edwin de adem. Hij drukt als een kind zijn voorhoofd tegen het raam en zit onverholen met open mond te staren. De schoonheid is overweldigend. Misschien is hij in Saskatchewan iets te overmatig geweest in zijn drankgebruik. In British Columbia zal hij zijn leven beteren, besluit hij. Het zonlicht doet pijn aan zijn ogen.

Na al die woeste pracht is het vreemd ontnuchterend om Victoria te bereiken, met zijn tamme, mooie straten. Het wemelt er van de Engelsen. Hij verlaat de trein en hoort zich omringd door de accenten van zijn geboorteland. Hier kan hij het wel een tijdje uithouden, denkt hij.

Edwin treft Thomas in een keurig hotelletje in het centrum, waar Thomas in de mooiste kamer verblijft. Ze bestellen thee en scones in het restaurant op de begane grond. Ze hebben elkaar een jaar of drie, vier niet gezien, maar Thomas is nauwelijks veranderd. Hij heeft nog steeds de rossige gelaatskleur die hij als kind al had, waardoor het permanent lijkt of hij net van het rugbyveld is gestapt. Hij probeert lid te worden van de zakelijke gemeenschap van Victoria, maar wat voor soort zakelijke activiteiten hij wil gaan ontplooien blijft vaag.

'En hoe gaat het met je broer?' vraagt hij, om over iets anders te beginnen. Hij bedoelt Niall.

'Die probeert er wat van te maken in Australië,' zegt Edwin. 'Hij lijkt best gelukkig, afgaand op zijn brieven.'

'Dat is dan meer dan de meesten van ons kunnen beweren,' zegt Thomas. 'Geluk, dat is niet niets. Wat doet hij precies?'

'Zijn toelagegeld verdrinken, vermoed ik,' zegt Edwin, wat niet zo aardig van hem is, maar waarschijnlijk wel waar. Ze hebben een tafel bij het raam en zijn blik dwaalt steeds af naar de straat, de etalages en – zichtbaar in de verte – de ondoorgrondelijke wildernis, waar je maar kijkt dicht op elkaar staande, hoog oprijzende donkere bomen. Het idee dat de wildernis toebehoort aan Groot-Brittannië heeft iets bespottelijks, maar die gedachte duwt hij snel weg, want ze herinnert hem aan zijn laatste etentje in Engeland.

4

Het laatste etentje begon aangenaam genoeg, maar dat sloeg om toen het gesprek – het zou eens niet – op de onvoorstelbare pracht en praal van Brits-Indië kwam. Edwins ouders waren daar geboren, Raj-kinderen waren het, kinderen van Engelse ouders die opgevoed waren door Indiase kindermeisjes – 'Als ik nog één woord over haar verrekte *ayah* hoor...' mompelde Edwins broer Gilbert een keer, zonder die gedachte ooit af te maken – en grootgebracht met verhalen over een ver, onbekend vaderland dat, zo vermoedt Edwin, ietwat was tegengevallen toen ze het als jonge twintigers voor het eerst met eigen ogen aanschouwden. ('Meer regen dan ik had verwacht,' was het enige wat Edwins vader erover placht te zeggen.)

Bij dat laatste etentje zat nog een gezin aan, de familie Barrett, met een vergelijkbare achtergrond: John Barrett was een voormalig kapitein-luitenant-ter-zee bij de Royal Navy, en Clara, zijn echtgenote, had de eerste jaren van haar leven eveneens in India doorgebracht. Hun oudste zoon, Andrew, was meegekomen. De Barretts wisten dat een avondje met Edwins moeder onvermijdelijk een uitstapje naar Brits-Indië omvatte en als oude vrienden begrepen ze dat het gesprek vanzelf weer een andere wending zou nemen zodra Abigail de Raj van zich afgepraat had.

'Ik moet toch zo vaak aan de schoonheid van Brits-Indië

denken,' zei zijn moeder. 'Die kleuren, magnifiek.'

'Maar de hitte was wel érg drukkend,' zei Edwins vader. 'Dat is één ding dat ik niet miste toen we eenmaal hier waren.'

'Ach, zo verschríkkelijk drukkend heb ik die nooit gevonden.' In de ogen van Edwins moeder stond een afwezige blik, die Edwin en zijn broers haar Brits-Indië-uitdrukking noemden. Ze kreeg dan iets wazigs over zich, een aanwijzing dat ze niet langer bij hen was, maar op een olifant reed of door een frisgroene tuin vol tropische bloemen wandelde of komkommersandwiches aangereikt kreeg door haar verrekte ayah of iets, God mag weten wat.

'Net als de inlanders,' zei Gilbert vriendelijk, 'maar het is een klimaat dat vermoedelijk niet iedereen goed bekomt.'

Wat bezielde Edwin om zich uitgerekend toen in het gesprek te mengen? Jaren later mijmerde hij daar nog over, tijdens de oorlog, gedurende de hopeloze verschrikking en verveling van de loopgraven. Soms weet je pas dat je een granaat gaat gooien als je de pen er al uitgetrokken hebt.

'Er zijn aanwijzingen dat ze de hitte niet per se als drukkend ervaren, maar de Britten des te meer als ónderdrukkend,' zei Edwin. Hij wierp een zijdelingse blik op zijn vader, maar die zat als versteend op zijn stoel met zijn glas halverwege tussen de tafel en zijn mond.

'Lieverd,' zei zijn moeder. 'Wat bedoel je daar nou mee?'

'Ze willen ons daar niet,' zei Edwin. Hij keek de tafel rond, naar al die stille starende gezichten. 'Daar is weinig dubbelzinnigs aan, ben ik bang.' Hij luisterde als van een zekere afstand en met verwondering naar zijn eigen stem. Gilberts mond was opengevallen.

'Luister, jongeman,' zei zijn vader, 'we hebben deze mensen beschaving gebracht, niets minder dan dat...'

'En toch moeten we vaststellen,' zei Edwin, 'dat ze per saldo de voorkeur lijken te geven aan die van henzelf. De beschaving van henzelf, bedoel ik. Ze hebben het tenslotte ook zonder ons een tijdlang best aardig gered. Enkele duizenden jaren, toch?' Het was alsof hij vastgebonden was op het dak van een op hol geslagen trein! Hij wist eigenlijk heel weinig over India, maar herinnerde zich hoe ontdaan hij als kind was geweest van de verhalen over de opstand van 1857. 'Zijn er ergens mensen die wél blij zijn met onze aanwezigheid?' hoorde hij zichzelf vragen. 'Waarom veronderstellen we dat die verre oorden van ons zijn?'

'Omdat wij ze hebben gewónnen, Eddie,' zei Gilbert na een korte stilte. 'Het kan best zijn dat de bewoners van Engeland niet unaniem gelukkig waren met de komst van onze bet-bet-enzovoorts-overgrootvader, maar ja, de geschiedenis behoort nou eenmaal de overwinnaars toe.'

'Willem de Veroveraar kwam hier zo'n duizend jaar geleden, Bert. We mogen er toch zeker wel naar streven iets beschaafder te zijn dan de krankzinnige kleinzoon van een plunderende Viking.'

Toen viel Edwin stil. Iedereen aan tafel staarde hem aan.

'De krankzinnige kleinzoon van een plunderende Viking,' herhaalde Gilbert zacht.

'Hoewel we waarschijnlijk dankbaar moeten zijn dat we een christelijke natie zijn,' zei Edwin. 'Stel je voor wat voor een bloedbad de koloniën anders wel niet zouden zijn.'

'Ben jij een atheïst, Edwin?' vroeg Andrew Barrett oprecht geïnteresseerd.

'Ik weet niet precies wat ik ben,' zei Edwin.

Hierop volgde de wellicht ondraaglijkste stilte van Edwins leven, tot zijn vader heel rustig begon te praten. Als Edwins vader woest was, had hij de gewoonte om een preek te beginnen maar halverwege de eerste zin alweer te stoppen. Om eerst ieders aandacht te trekken. 'Elk voordeel dat jij ooit in dit leven hebt genoten,' zei zijn vader. Iedereen keek naar hem. Hij begon opnieuw, zoals zijn handelsmerk was, alleen iets luider en ijselijk kalm: 'Elk voordeel dat jij ooit in dit leven hebt genoten, Edwin, is op een of andere manier voortgekomen uit het feit dat je afstamt van, zoals je het zo fraai formuleerde, "de krankzinnige kleinzoon van een plunderende Viking".'

'Uiteraard,' zei Edwin. 'Het had zoveel erger kunnen zijn.' Hij hief zijn glas. 'Op Willem de Bastaard.'

Gilbert lachte zenuwachtig. Alle anderen waren doodstil.

'Het spijt me zeer,' zei Edwins vader tegen zijn gasten. 'Men zou mijn jongste zoon redelijkerwijs kunnen aanzien voor een volwassen man, maar kennelijk is hij nog een kind. Ga naar je kamer, Edwin. We hebben meer dan genoeg gehoord voor één avond.'

Edwin stond overdreven vormelijk op, zei: 'Ik wens u nog een aangename avond,' liep naar de keuken en verzocht een sandwich op zijn kamer te brengen – het hoofdgerecht was nog niet opgediend – en trok zich terug in afwachting van zijn vonnis. Dat kwam vóór middernacht, met een klop op de deur.

'Binnen,' zei hij. Hij stond wrevelig uit het raam te kijken naar het zwaaien van een boom in de wind.

Gilbert kwam binnen, sloot de deur achter zich en ging breeduit op de oude vlekkerige leunstoel zitten die tot Edwins dierbaarste bezittingen behoorde.

'Mooie vertoning, Eddie.'

'Geen idee wat er door mijn hoofd ging,' zei Edwin. 'Hoewel, nee, dat is niet waar. Dat weet ik wel. Ik weet absoluut zeker dat er geen enkele gedachte in mijn hoofd zat. Het was een soort vacuüm.'

'Ben je ziek?'

'Allerminst. Ik voel me uitstekend.'

'Het moet verrukkelijk opwindend zijn geweest,' zei Gilbert.

'Ja, dat was het. Ik ga niet beweren dat ik er spijt van heb.'

Gilbert lachte. 'Je gaat naar Canada,' zei hij behoedzaam. 'Vader gaat het regelen.'

'Ik zou hoe dan ook naar Canada gaan,' zei Edwin. 'Volgend jaar, hadden we afgesproken.'

'Nu zul je alleen wat eerder moeten vertrekken.'

'Hoeveel eerder, Bert?'

'Volgende week.'

Edwin knikte. Het duizelde hem licht. De atmosfeer in de kamer was heel subtiel veranderd. Binnenkort vertrok hij naar een onbevattelijke wereld en de kamer verzonk al langzaam in het verleden. 'Nou ja,' zei Edwin na een ogenblik, 'dan ben ik tenminste wel nog steeds op een ander continent dan Niall.'

'Daar ga je weer,' zei Gilbert. 'Zeg je nu gewoon maar wat er in je opkomt?'

'Ik kan het je aanraden.'

'We kunnen niet allemaal zo lichtzinnig zijn. Sommigen van ons hebben verantwoordelijkheden.'

'Waarmee je een te erven titel en landgoed bedoelt,' zei Edwin. 'Een zwaar lot voorwaar. Ik zal je straks bewenen. Ontvang ik dezelfde toelage als Niall?'

'Iets meer. Die van Niall is alleen bedoeld voor zijn onderhoud. Aan die van jou zijn voorwaarden verbonden.'

'Vertel.'

'Je mag voorlopig niet terugkeren naar Engeland,' zei Gilbert.

'Verbanning,' zei Edwin.

'Doe niet zo melodramatisch. Je zou toch al naar Canada gaan, dat zei je zelf al.'

'Maar hoelang is voorlopig?' Edwin wendde zich van het raam af om zijn broer aan te kijken. 'Ik had gedacht dat ik een tijd naar Canada zou gaan, me daar ergens zou vestigen en dan op gezette tijden naar huis zou komen om jullie te bezoeken. Wat zei vader precies?'

'De zinsnede die beklijft, luidt ben ik bang: zeg hem dat hij zich niet meer in Engeland hoeft te vertonen.'

'Tja, dat is behoorlijk... ondubbelzinnig.'

'Je kent vader. En moeder gaat er natuurlijk in mee.' Gilbert stond op. Bij de deur bleef hij even staan. 'Geef ze wat tijd, Eddie. Het zou me verbazen als je verbanning permanent zou blijken. Ik zal proberen ze op andere gedachten te brengen.'

5

Het probleem met Victoria is, in Edwins ogen, dat het te veel op Engeland lijkt zonder werkelijk Engeland te zijn. Het is een verre imitatie van Engeland, een aquarel die niet overtuigend over het landschap is gelegd. De dag na Edwins aankomst neemt Thomas hem 's avonds mee naar de Union Club. Aanvankelijk heeft het wel wat, het is even alsof hij thuis is, aangename uren die verglijden in het gezelschap van een handjevol vrinden uit *good old Britain* en een werkelijk voortreffelijke single malt whisky. Onder de oudere heren zijn er die al tientallen jaren in Victoria wonen en Thomas zoekt hun gezelschap op. Hij blijft bij hen in de buurt, vraagt om hun mening, luistert ernstig naar hen, paait hen. Het is een gênante vertoning. Thomas hoopt duidelijk de reputatie te verwerven van een bonafide man met wie je zaken kunt doen, maar voor Edwin is het zonneklaar dat de oudere heren alleen maar beleefd doen. Ze hebben geen belangstelling voor buitenstaanders, zelfs niet voor buitenstaanders uit het juiste land, met de juiste voorouders en het juiste accent, die de juiste school hebben bezocht. Het is een gesloten gemeenschap die Thomas alleen aan de randen duldt. Hoelang zal Thomas hier moeten blijven, zich steeds weer op deze sociëteit moeten vertonen voordat ze hem accepteren? Vijf jaar? Tien? Duizenden?

Edwin wendt zich van Thomas af en loopt naar het raam.

Ze bevinden zich op de tweede verdieping met uitzicht op de haven. De schemering valt. Hij voelt zich onrustig en onbehaaglijk. Achter hem hangen mannen verhalen op van sportieve zeges en weinig opzienbarende reizen per stoomschip naar Québec, Halifax en New York. 'Je gelooft het misschien niet,' hoort hij achter zich iemand zeggen die via de laatstgenoemde stad is gearriveerd, 'maar mijn arme moedertje was in de veronderstelling dat New York nog steeds deel uitmaakt van het Gemenebest!'

De tijd verstrijkt, de nacht daalt neer op de haven, Edwin voegt zich weer bij de anderen.

'Maar waar het uiteindelijk helaas op neerkomt,' zegt een van hen, diep verwikkeld in een gesprek over het belang van het hebben van een avontuurlijke inborst, 'is dat er in Engeland niet echt een toekomst voor ons is. Of wel soms?'

Zijn gespreksgenoten verzinken in gepeins. Deze mannen zijn allen binnen hun familie de tweede zoon. Ze zijn slecht toegerust voor een leven van werken en zullen niets erven. Tot zijn eigen grote verbazing heft Edwin zijn glas.

'Op de verbanning,' zegt hij. Hij drinkt. Er klinkt afkeurend gemompel: 'Ik zou dit toch geen "verbanning" willen noemen,' zegt iemand.

'Op het opbouwen van een nieuwe toekomst, heren, in een nieuw, ver land,' zegt Thomas, altijd de diplomaat.

Later staat Edwin weer bij het raam als Thomas zich bij hem voegt.

'Weet je, ik heb misschien in het voorbijgaan het een en ander opgevangen over een etentje,' zegt hij, 'maar tot nu geloofde ik het denk ik maar half.'

'De Barretts zijn onverbeterlijke kletsmajoors, ben ik bang.'

'Ik ben dit oord geloof ik beu,' zegt Thomas. 'Ik dacht dat ik er hier iets van zou kunnen maken, maar als je Engeland achter je laat, is er iets voor te zeggen om Engeland ook echt achter je te laten.' Hij draait zich om naar Edwin. 'Ik overweeg noordwaarts te trekken.'

'Hoe ver noordwaarts?' Edwin wordt overvallen door een verontrustend beeld van iglo's op de bevroren toendra.

'Niet zo heel ver. Een stukje noordelijker op Vancouver's Island.'

'Heb je daar perspectief?'

'Concreet het houtbedrijf van de oom van een vriend,' zegt Thomas. 'Maar meer abstract de wildernis. Zijn we niet daarom hier? Om onze stempel op de wildernis te drukken?'

Stel nu dat je in plaats daarvan in de wildernis zou willen verdwijnen? Een vreemde gedachte een week later aan boord van het schip dat langs de rotsige kust aan de westkant van Vancouver's Island opstoomt naar het noorden. Een landschap van steile stranden en bossen, daarachter hoge bergen. De gebroken rotsen gaan abrupt over in een wit zandstrand, het langste dat Edwin ooit heeft gezien. Hij ziet dorpjes aan de kust, opstijgende rook, hier en daar van die hoge houten zuilen met vleugels en geschilderde gezichten – totempalen, weet hij nu weer. Hij begrijpt ze niet, vindt ze daarom griezelig. Na een lange tijd verdwijnt het witte zand en is de kust weer een en al steile rotspartijen en smalle inhammen. Af en toe ziet hij in de verte een kano. Stel dat je opgaat in de wildernis, zoals zout in water. Hij wil naar huis. Voor het eerst is Edwin bezorgd om zijn geestelijke gezondheid.

De passagiers op het schip: drie Chinezen die in de conservenfabriek gaan werken, een zeer nerveuze jonge vrouw van Noorse komaf die onderweg is naar haar man, Thomas en Edwin, de kapitein en twee Canadese bemanningsleden, allen in het gezelschap van vaten en zakken met voorraden. De Chinese mannen praten en grappen in hun eigen taal.

De Noorse vrouw komt alleen voor maaltijden haar hut uit en lacht nooit. De kapitein en zijn bemanning zijn vriendelijk, maar niet geïnteresseerd in een praatje met Thomas en Edwin, dus brengen Thomas en Edwin hun tijd grotendeels samen aan dek door.

'Wat die door en door gezapige kerels in Victoria niet helemaal begrijpen,' zegt Thomas, 'is dat dit land in zijn geheel voor het grijpen ligt.' Edwin werpt een blik op hem en ziet de toekomst: aangezien de zakelijke gemeenschap van Victoria Thomas niet heeft omarmd, zal hij zich de rest van zijn leven schamperend en scheldend over hen uitlaten. 'Ze zitten verschanst in hun o zo Engelse stad, en echt, ik begrijp waarom dat aantrekkelijk is, maar er ligt hier een kans voor ons. We kunnen hier onze eigen wereld scheppen.' Hij zemelt door over het Britse Rijk en kansen, Edwin kijkt intussen over het water uit. De inhammen, baaien en eilandjes liggen aan stuurboord, direct erachter verrijst de overweldigende natuur van Vancouver's Island met bossen die overgaan in bergen waarvan de toppen in laaghangende wolken verdwijnen. Aan bakboord, waar zij staan, strekt de oceaan zich ononderbroken uit tot, voor zover Edwin weet te bedenken, de kust van Japan. Hij heeft hetzelfde duizelende gevoel van te veel onbeschutheid als eerder op de prairie en voelt opluchting als het schip eindelijk naar rechts afbuigt en een inham in vaart.

Aan het begin van de avond leggen ze aan bij de nederzetting Caiette. Veel stelt die niet voor: een steiger, een wit kerkje, zeven à acht huizen, een primitieve weg die naar de conservenfabriek en het houthakkerskamp leidt. Edwin blijft zielsverloren op de steiger staan, naast hem zijn hutkoffer. Dit is een precair oord, anders kun je het niet zeggen. Het is een minimale aanduiding van beschavingen, ingeklemd tussen bos en zee. Hij hoort hier niet thuis.

'Het grotere huis daarboven is een pension,' zegt de kapitein vriendelijk tegen Edwin, 'mocht u hier een tijdje willen verblijven om eerst wat aan de omgeving te wennen.'

Het is verontrustend dat hij kennelijk zo zichtbaar ontshutst is. Thomas en Edwin lopen samen de berg op naar het pension, waar ze terechtkunnen in kamers op de bovenverdieping. De volgende ochtend vertrekt Thomas naar het houthakkerskamp. Edwin glijdt meteen in dezelfde toestand van stilstand die hem in Halifax had bevangen. Lusteloosheid kun je het niet echt noemen. Hij inventariseert zorgvuldig zijn gedachten en constateert dat hij niet ongelukkig is. Hij wenst voorlopig alleen geen verdere verandering. Actief zijn mag plezierig zijn, stilstand schenkt rust. Hij vult zijn dagen met strandwandelingen, tekenen, vanaf de veranda naar de zee staren, lezen, schaken met andere pensiongasten. Na een week of twee staakt Thomas zijn pogingen hem over te halen ook naar het houthakkerskamp te komen.

De schoonheid van dit oord. Edwin zit graag op het strand gewoon te kijken naar de eilanden, plukjes bomen die oprijzen uit het water. Soms varen er kano's langs met onbekende bestemming, soms negeren de mannen en vrouwen in de boten hem, soms staren ze naar hem. Regelmatig leggen grotere schepen aan met voorraden en arbeiders voor de conservenfabriek en het kamp. Er zijn erbij die kunnen schaken, een van Edwins grootste geneugten. Hij heeft nooit heel erg goed kunnen schaken, maar geniet van het idee van orde in het spel.

'Wat doe je hier?' vragen ze weleens.

'O, gewoon aan het nadenken over wat ik hierna zal doen,' antwoordt hij altijd, of woorden van die strekking. Het voelt alsof hij ergens op wacht. Maar waarop?

6

Op een zonnige morgen in september ziet hij tijdens een wandeling over het strand twee lachende inheemse vrouwen. Zussen? Vriendinnen? Ze praten heel snel in een taal die anders is dan alles wat hij ooit heeft gehoord, doorspekt met geluiden waarvan hij zich niet kan voorstellen dat hij in staat is ze te herhalen, laat staan in Romeinse letters weer te geven. Ze hebben lang, donker haar en als een van hen haar hoofd draait, schittert het zonlicht in een stel enorme schelpoorbellen. De vrouwen zijn in dekens gewikkeld tegen de koude wind.

Als hij dichterbij komt, vallen ze stil en kijken.

'Goedemorgen,' zegt hij, en hij tikt tegen de rand van zijn hoed.

'Goedemorgen,' antwoordt een van de vrouwen. Ze spreekt met een prachtig melodieus accent. In haar oorbellen zitten alle kleuren van de ochtendhemel. Haar metgezellin, een vrouw met een door pokken getekend gezicht, kijkt hem alleen maar zwijgend aan. Het strookt met Edwins ervaringen in Canada; hij zou waarschijnlijk de schrik van zijn leven krijgen als hij na een halfjaar in de Nieuwe Wereld ineens in staat zou blijken de inlandse bewoners voor zich in te nemen. Maar de onverholen onverschilligheid in de blik van de vrouwen werkt hem op de zenuwen. Dit is een moment, beseft hij, waarop hij zijn opvattingen over kolonisatie uiteen zou kunnen zetten aan mensen die zich zogezegd aan de andere kant van het verhaal bevinden, maar hier ter plekke weet hij niets te zeggen wat onder de omstandigheden niet absurd zou klinken. Als hij tegen de vrouwen zegt dat kolonisatie in zijn ogen weerzinwekkend is, zal de daaropvolgende logische vraag allicht zijn: Wat doet u hier dan? Dus doet hij er verder het zwijgen toe en dan heeft hij hen al achter zich gelaten en is het moment voorbij.

Hij loopt door en als hij een stuk verderop nog steeds hun ogen in zijn rug voelt en de indruk wil wekken dat hij iets belangrijks te doen heeft, slaat hij af naar de muur van bomen. Hij gaat nooit het bos in, bang als hij is voor beren en bergleeuwen, maar het oefent nu een vreemde aantrekkingskracht op hem uit. Hij zal er honderd stappen in zetten, besluit hij, meer niet. Honderd stappen aftellen zal hem mogelijk ook helpen bedaren, van tellen wordt hij altijd rustig, en als hij die honderd stappen rechtdoor blijft lopen, zal hij toch zeker niet kunnen verdwalen. Verdwalen is de dood, dat begrijpt hij. Nee, dit hele oord is de dood. Nee, dat is niet eerlijk. Dit oord is niet de dood, dit oord is onverschilligheid. Dit oord is volstrekt neutraal ten aanzien van de vraag of hij leeft of sterft, het geeft niet om zijn achternaam of welke school hij heeft bezocht, het heeft hem niet eens opgemerkt. Hij voelt zich lichtelijk gestoord.

7

De poorten van het woud. Die uitdrukking komt spontaan bij hem op, maar Edwin weet niet zeker waar hij die vandaan heeft. Het klinkt als iets uit een boek dat hij als kind gelezen zou kunnen hebben. De bomen hier zijn oud en enorm. Het is alsof je een kathedraal binnenstapt, behalve dat het kreupelhout zo dicht is dat hij zich er een weg doorheen moet breken. Na een paar stappen blijft hij staan. Iets verderop ziet hij een esdoorn die zo groot is dat er rondom een eigen open plek is gevallen, en die lijkt hem een geschikt doel. Hij zal naar de esdoorn lopen, besluit hij, uit het kreupelhout stappen, daar even uitrusten en dan weer rechtsomkeert maken naar het strand en het bos nooit meer betreden. Dit is een avontuur, zegt hij tegen zichzelf, maar het voelt niet als een avontuur. Het voelt vooral alsof je met heidetakken in het gezicht wordt geslagen.

Hij zoekt vechtend zijn weg door het struweel naar de esdoorn. Het is stil hier en hij is er ineens van overtuigd dat hij wordt bekeken. Hij draait zich om en daar staat, even ongerijmd als een geestverschijning, op nog geen tien meter van hem vandaan een pastoor. Hij is ouder dan Edwin, ergens begin dertig misschien, en heeft heel kort zwart haar.

'Goedemorgen,' zegt Edwin.

'Goedemorgen,' zegt de pastoor, 'en neem me niet kwalijk, ik wilde u niet laten schrikken. Ik kom hier zo nu en dan graag wandelen.' In zijn uitspraak zit iets wat Edwin niet goed kan benoemen; het is niet echt Brits Engels, maar ook niet echt iets anders. Hij vraagt zich af of de man afkomstig is van Newfoundland, zoals zijn gastvrouw in Halifax.

'Het lijkt me inderdaad een vredige plek,' zegt Edwin.

'Wat u zegt. Ik zal u verder niet storen, ik was net op weg terug naar de kerk. Misschien zie ik u daar straks nog.'

'De kerk in Caiette? Maar u bent niet de vaste pastoor,' zegt Edwin.

'Ik ben Roberts. Ik val in voor eerwaarde Pike.'

'Edwin St. Andrew. Aangenaam.'

'Insgelijks. Goedendag.'

De pastoor lijkt even ongeoefend in het lopen door kreupelhout als Edwin. Hij verdwijnt struikelend tussen de bomen en binnen enkele minuten is Edwin weer alleen en kijkt op naar de takken. Hij zet een stap vooruit...

8

... in een gitzwarte flits, als een plotselinge blindheid of zonsverduistering. Het is alsof hij zich in een of andere immense binnenruimte bevindt, zoiets als een treinstation of een kathedraal, en er zingen vioolklanken rond, om hem heen zijn andere mensen, dan een nog nooit eerder gehoord geluid...

9

Als hij weer bij zinnen komt, is hij op het strand en zit op zijn knieën op harde stenen over te geven. Hij herinnert zich vaag dat hij struikelend en vallend in blinde paniek een weg uit het bos heeft gezocht, een nachtmerrie van schaduw en wazig groen, takken die in zijn gezicht sloegen. Beverig komt hij overeind en loopt naar de waterkant. Hij waadt er tot zijn knieën in, de koudeschok is een weldaad, zal zijn geestelijk evenwicht herstellen. Hij buigt voorover om het braaksel van zijn gezicht en hemd te wassen, dan haalt een golf hem onderuit zodat hij als hij eindelijk weer rechtop staat zeewater uithoest en kletsnat is.

Hij is nu alleen op het strand, maar ziet een stuk verderop iets bewegen tussen de huizen van Caiette. Het is de pastoor die in de witte kerk op de berg verdwijnt.

10

Als Edwin bij de kerk komt, staat de deur op een kier en is er niemand binnen. De deur achter het altaar staat ook open, erdoorheen ziet hij wat grafstenen in de groene stilte van het kerkhofje. Hij glipt in een van de achterste kerkbanken, sluit zijn ogen en legt zijn hoofd in zijn handen. Het gebouw is zo nieuw dat binnen nog de geur van vers gehakt hout hangt.

'Bent u in zee gevallen?'

Het is een vriendelijke stem, het accent is nog steeds ongrijpbaar. Aan het eind van zijn kerkbank staat de nieuwe pastoor – Roberts, herinnert hij zich.

'Ik boog voorover in het water. Om het braaksel van mijn gezicht te spoelen.'

'Bent u ziek?'

'Nee. Ik...' Het lijkt nu mal en een beetje onwerkelijk. 'Ik meende iets te zien in het bos. Nadat ik u had gezien. Ik hoorde iets. Ik weet het niet. Het leek... bovennatuurlijk.' De bijzonderheden beginnen hem alweer te ontglippen. Hij was het bos in gelopen, en toen? Hij herinnert zich duisternis, muziek, een geluid dat hij niet kon thuisbrengen, allemaal in een oogwenk alweer voorbij. Was het echt gebeurd?

'Mag ik bij u komen zitten?'

'Natuurlijk.'

De pastoor neemt naast hem plaats. 'Zou het u helpen als u uw hart lucht?'

'Ik ben niet katholiek.'

'Ik ben er voor iedereen die dit huis betreedt.'

Maar de bijzonderheden beginnen al te vervagen. Op het moment zelf was het vreemde dat Edwin in het bos had ervaren volledig ontregelend, maar nu moet hij denken aan een zekere nare ochtend op school. Hij was een jaar of negen, tien, en merkte dat hij de woorden in zijn leerboek niet kon lezen omdat de letters kronkelden en geen samenhang meer vertoonden en er vlekken voor zijn ogen dreven. Hij stond op om te vragen of hij naar de schoolverpleegster mocht gaan en viel flauw. Flauwvallen was duisternis, maar ook geluid: gemurmel en getjirp als een vogelkoor, een rimpelloze leegte snel gevolgd door het gevoel dat hij thuis lekker in bed lag – wensdenken van zijn onbewuste, vermoedelijk – en toen werd hij wakker in complete stilte. Geleidelijk kwam het geluid terug; alsof iemand aan een knop draaide werd de stilte langzaam overstemd door rumoer en lawaai, het geroep van andere jongens en de snelle stappen van de naderende meester – 'Opstaan, St. Andrew, stoppen met die aanstellerij' – en was dat ogenblik eerder in het bos echt zo anders? Er waren geluiden, zo redeneert hij, en duisternis, net als die eerste keer. Misschien is hij alleen maar flauwgevallen.

'Ik dacht dat ik iets zag,' zegt Edwin langzaam, 'maar terwijl ik het zeg besef ik dat het misschien niet zo was.'

'Als het wel zo was,' zegt Roberts rustig, 'dan zou u niet de eerste zijn.'

'Hoe bedoelt u?'

'Alleen dat ik verhalen heb gehoord,' zegt de pastoor. 'Ik bedoel, je vangt weleens wat op.'

Die onhandige toevoeging komt op Edwin over als een soort camouflage; Roberts die zijn formulering opzettelijk aanpast om een beetje anders te klinken. Meer als Edwin. Er klopt iets niet aan de man, maar Edwin kan er niet precies de vinger op leggen.

'Mag ik vragen waar u vandaan komt?'

'Van ver,' zegt de pastoor. 'Van heel ver.'

'Welnu, dat geldt tenslotte voor ons allemaal,' zegt Edwin ietwat geprikkeld. 'Behalve voor de inlanders, natuurlijk. Eerder in het bos zei u dat u invalt voor eerwaarde Pike.'

'Zijn zuster is geveld door ziekte. Hij is gisteravond vertrokken.'

Edwin knikt, maar iets hieraan klinkt volstrekt onwaar. 'Vreemd wel dat ik niets gehoord heb over een schip dat gisteravond laat nog is uitgevaren.'

'Ik moet iets bekennen,' zegt Roberts.

'Ik ben een en al oor.'

'Toen ik u in het bos zag en zei dat ik terugging naar de kerk, welnu, bij het weglopen draaide ik me nog even om.'

Edwin kijkt hem aan. 'Wat zag u?'

'Ik zag u onder een esdoorn lopen. U keek omhoog, naar de kroon van de boom, en toen... Nou ja, ik kreeg de indruk dat u iets zag dat ik niet kon zien. Was daar iets?'

'Wat ik zag... dat wil zeggen wat ik méénde te zien...'

Maar Roberts slaat hem te intens gade en in de stilte van het eenvoudige kerkje aan het uiterste randje van de westerse wereld, voelt Edwin een vreemde huivering. Hij is nog steeds een beetje misselijk – hij heeft bonkende hoofdpijn – en hij is immens moe. Hij wil niet meer praten. Hij wil alleen maar gaan liggen. Roberts' aanwezigheid hier kan hij niet rijmen.

'Als Pike gisteravond is vertrokken,' zegt Edwin, 'moet hij dat zwemmend hebben gedaan.'

'Maar hij is echt vertrokken,' zegt Roberts. 'Dat kan ik u verzekeren.'

'Weet u hoezeer men hier snakt naar nieuws, eerwaarde? Alle nieuwtjes zijn welkom, maakt niet uit wat. Ik woon in het pension. Als er gisteravond een schip zou zijn vertrokken, zou ik dat bij het ontbijt hebben gehoord.' Dan bedenkt hij wat daar logischerwijs uit voortvloeit: 'À propos dingen die ik gehoord zou moeten hebben, hoe bent ú hier trouwens gekomen? Er heeft hier in de afgelopen pakweg twee dagen geen vaartuig aangelegd. Moet ik aannemen dat u door het bos bent komen lopen?'

'Ik weet niet zeker hoe mijn wijze van vervoer strikt genomen relevant is voor...' begint Roberts.

Edwin staat op, wat Roberts dwingt om eveneens op te staan. De pastoor stapt achteruit het gangpad op, Edwin loopt rakelings langs hem.

'Edwin,' zegt Roberts, maar Edwin is al bij de deur. Een andere pastoor komt aanlopen, hij beklimt de trap vanaf de weg: eerwaarde Pike, net terug van een bezoek aan de conservenfabriek of het houthakkerskamp. Zijn witte haardos straalt zowat in het zonlicht.

Edwin kijkt over zijn schouder een lege kerk in, de achterdeur staat wijd open. Roberts is 'm gesmeerd.

2

Mirella en Vincent /

2020

I

‘Ik wil u iets vreemds laten zien.’ De componist was beroemd in zeer kleine kring, alleen bij een zeker nichepubliek, wat erop neerkwam dat hij geen enkel gevaar liep op straat herkend te worden, maar in een aantal kleinere artistieke subculturen kenden de meeste mensen zijn naam wel. Hij voelde zich zichtbaar niet op zijn gemak en transpireerde toen hij vooroverboog naar zijn microfoon. ‘Mijn zus maakte vroeger filmpjes. Het volgende filmpje is van haar, ik vond het na haar dood in de opslag. Er zit een soort hikje in dat ik niet kan verklaren.’ Hij zweeg even, draaide aan een knop op zijn keyboard. ‘Ik heb er muziek bij gecomponeerd, maar net voor het hikje houdt de muziek op zodat we even stilstaan bij de schoonheid van technische onvolmaaktheid.’

Eerst begon de muziek, een dromerig aanzwellen van strijkers, ergens klonk een soort statische ruis, toen startte het filmpje: zijn zus liep met haar camera over een onduidelijk bospad naar een hoge oude esdoorn. Ze stapte onder de takken en kantelde haar camera schuin naar boven, naar groene bladeren die schitterden in het zonlicht en de wind. Op dat moment stopte de muziek zo abrupt dat de stilte als de volgende maat klonk. De maat daarna was er duisternis: het doek ging op zwart, één seconde maar, en even was er een verwarrend rumoer van overlappende geluiden – een paar vioolklanken, een zachte kakofonie als in de hal van een grootstedelijk treinstation, een vreemd soort pfoef dat aan hydraulische druk deed denken – en meteen daarna was het ogenblik weer voorbij. De boom was terug en er waren wat chaotische camerabeelden terwijl de zus van de componist wild om zich heen leek te kijken, misschien ook vergeten was dat ze de camera in haar hand hield.

De muziek van de componist klonk weer en het filmpje ging naadloos over in een van zijn nieuwere werken, een door hemzelf gefilmde video die zo'n vijf of zes minuten een gruwelijk lelijke straathoek in Toronto toonde, maar begeleid door orkestrale strijkers die hard zwoegden om het idee van verborgen schoonheid te vertolken. De componist was druk in de weer, speelde op het keyboard een notenreeks die een maat later als vioolmuziek klonk, bouwde de muziek op in lagen terwijl op het scherm achter zijn hoofd de straathoek in Toronto voorbij tikte.

Op de eerste rij zat Mirella Kessler met tranen in haar ogen. Ze was bevriend geweest met de zus van de componist, Vincent heette ze, en had niet geweten dat Vincent dood was. Even later liep ze de zaal uit en bleef een tijd op het damestoilet waar ze probeerde tot bedaren te komen. Diep ademhalen, een sterkende laag make-up. 'Rustig,' zei ze hardop tegen haar gezicht in de spiegel. 'Rustig.'

Ze was naar het concert gekomen in de hoop de componist te spreken en erachter te komen waar Vincent verbleef. Ze had haar het een en ander willen vragen. Want in een andere versie van haar leven, zo veraf dat het nu een sprookje leek, was Mirella getrouwd geweest met Faisal en waren zij en Faisal bevriend geweest met Vincent en Vincents man Jonathan. Ze hadden een aantal schitterende jaren beleefd, jaren van reizen en geld, en toen ging het licht uit. Jonathans beleggingsfonds bleek een ponzisysteem. Het idee financieel geruïneerd te zijn was voor Faisal zo onverdraaglijk dat hij zich van het leven beroofde.

Mirella had sindsdien geen woord meer met Vincent gewisseld, want hoe had Vincent het niet kunnen weten? Maar tien jaar na Faisals dood zat ze in een restaurant met Louisa, met wie ze inmiddels een jaar een relatie had, en bekroop haar voor het eerst een heel klein beetje twijfel.

Ze zaten in een noedelrestaurant in Chelsea en Louisa had net verteld over een onverwachte verjaardagskaart van haar tante Jacquie, die Mirella nooit had ontmoet omdat altijd wel deze of gene helft van Louisa's familie met elkaar overhoop lag. 'Jacquie is meestal behoorlijk vreselijk,' zei Louisa, 'maar daar heeft ze vind ik eerlijk gezegd ook alle reden toe.'

'Hoezo? Wat heeft ze meegemaakt?'

'Heb ik dat nooit verteld? Waanzinnig verhaal. Haar man had in het geheim een tweede gezin.'

'Serieus? Wat een soap.'

'Het wordt nog mooier.' Louisa boog naar voren om de clou uit de doeken te doen: 'Hij stalde zijn tweede gezin aan de óverkant van dezelfde straat.'

'Wat?'

'Ja, echt niet te geloven. Oké,' zei Louisa, 'stel je voor: hedgefondsmanager, appartement aan Park Avenue, thuiszittende vrouw, twee kinderen op een dure privéschool. Op en top Upper East Side. Op een dag loopt tante Jacquie het creditcardafschrift na en ziet een overmaking van schoolgeld naar een privéschool waarop geen van haar kinderen zit. Dus laat ze het afschrift aan oom Mike zien, zo van "waar slaat dat idiote bedrag op", en kennelijk kreeg hij zowat ter plekke een hartaanval.'

'En?'

'Mijn neefjes waren toen een jaar of dertien, veertien, zoiets, maar naar bleek was oom Mike ook de vader van de kleuter aan de overkant van de straat. Hij had het kleuterschoolgeld voor de vijfjarige met de verkeerde creditcard betaald.'

'Wacht even, létterlijk aan de overkant van de straat?'

'Ja, de gebouwen staan tegenover elkaar. De portiers over en weer wisten er waarschijnlijk al jaren van.'

'Hoe kon ze het níét weten?' vroeg Mirella, en op datzelfde moment had het verleden haar volledig opgeslokt en had ze het over Vincent.

'Een man die lange dagen maakt kan alles verbergen,' zei Louisa. Ze had het nog steeds over haar tante en had niet gemerkt dat Mirella in gedachten was afgedwaald. 'Bof jij even dat ik niet werk.'

'Ik bof zeker,' zei Mirella afwezig, en ze drukte een kus op Louisa's hand. 'Wat een krankzinnig verhaal.'

'Waar ik niet over uit kan is dat huisvestingsaspect, recht tegenover elkaar,' zei Louisa. 'Echt een schaamteloze zet.'

'Ik ben er niet over uit of het heel lui is of juist heel efficiënt.' Mirella deed nog steeds alsof ze met Louisa noedels zat te eten in het restaurant, maar was in gedachten heel ver weg. Vincent had gezworen dat ze niets had geweten van de misdrijven van haar man, in gewiste voicemails en in een verklaring voor de rechtbank.

'Mirella.' Louisa's hand lag losjes op Mirella's pols. 'Waar ben je?'

Mirella legde zuchtend haar eetstokjes neer.

'Heb ik je ooit verteld over mijn vriendin Vincent?'

'De vrouw van die ponzifraudeur?'

'Ja, zij. Ik moest aan haar denken door dat verhaal over je tante. Had ik verteld dat ik haar nog eens heb gezien nadat Faisal was overleden?'

Louisa sperde haar ogen open. 'Nee.'

'Het was ruim een jaar na zijn dood, dus maart of april 2010. Ik kwam met een stel vrienden een kroeg binnen en daar stond Vincent achter de bar.'

‘*Oh my god*. Wat heb je tegen haar gezegd?’

‘Niets,’ zei Mirella.

Ze had haar niet meteen herkend. In de rijke dagen had Vincent lang, golvend haar gehad zoals alle quasivolmaakte jonge echtgenotes in die kringen, maar in de kroeg had ze heel kort haar en droeg ze een bril en geen make-up. Op dat moment had Mirella haar vermomming gezien als het zoveelste bewijs – natuurlijk probeer je je te verbergen, monster dat je bent – maar nu was het allemaal ineens niet meer zo ondubbelzinnig: een andere logische verklaring voor het korte haar/de bril/geen make-up was dat er elk moment een door haar man opgelichte belegger binnen zou kunnen komen. Manhattan was in die dagen vergeven van de opgelichte beleggers.

‘Ik deed alsof ik haar niet kende,’ zei ze nu tegen Louisa. ‘Uit wraak, denk ik. Ik ben er niet trots op. Ze had altijd gezegd dat ze niet wist waar Jonathan mee bezig was, maar ik dacht alleen maar: natuurlijk wist je het. Hoe kon je het niet hebben geweten? Je wist het en je liet het gebeuren dat Faisal alles kwijtraakte en nu is hij dood. Dat was destijds het enige wat ik continu dacht.’

Louisa knikte. ‘Het ligt voor de hand dat ze het wel wist,’ zei ze.

‘Maar stel dat het niet zo was?’

‘Is het aannemelijk dat ze het niet wist?’ vroeg Louisa.

‘Ik dacht toen van niet. Maar nu vertel je me dat verhaal over je arme tante Jacquie en weet je, als je een kind van vijf verborgen kunt houden, kun je ook een ponzisysteem verborgen houden.’

Louisa nam Mirella’s handen in de hare. ‘Ga eens met haar praten,’ zei ze.

‘Ik heb geen idee hoe ik haar zou moeten vinden.’

‘Het is 2019,’ zei Louisa. ‘Niemand is onvindbaar.’

Maar Vincent was dat wel. Mirella werkte indertijd als

receptioniste bij een exclusieve tegelshowroom in de buurt van Union Square. Het was zo'n zaak die genoeg had aan een handjevol klanten, want als mensen hier geld uitgaven, telden ze meteen tienduizenden dollars neer. De ochtend na het etentje met Louisa zat Mirella achter de receptiebalie ter grootte van een auto en verdreef een stil uurtje met het zoeken naar Vincent. Ze probeerde het eerst met de achternaam van Vincents man. Een zoekopdracht met 'Vincent Alkaitis' leverde oude societyfoto's op, sommige waar ook Mirella op stond – feestjes, gala's, et cetera – en pagina's van Vincent tijdens de hoorzitting van haar man, met een uitgestreken gezicht, gekleed in een grijs pakje. Dat was het. De meest recente foto's waren van 2011. 'Vincent Smith' leverde tientallen verschillende mensen op, overwegend mannen, geen van hen de Vincent die ze zocht. Vincent zat niet op sociale media of waar dan ook.

Ze leunde gefrustreerd achterover in haar stoel. Hoog boven de balie zoemde een lamp. Op het werk droeg Mirella altijd een dikke laag make-up en als ze 's middags moe was, voelde haar gezicht soms zwaar. In de wit betegelde uitgestrektheid van de verkoopzaal toonde een eenzame verkoper een klant alle denkbare kleuren van hun speciale composietmateriaal, dat eruitzag als steen maar dat niet was.

Vincents ouders waren allang dood, maar ze had een broer gehad. De naam van de broer lag ergens diep weggestopt in Mirella's geheugen, op een plek waarvan ze over het algemeen liefst zo ver mogelijk vandaan bleef. Ze wierp een blik op de deur om zeker te zijn dat er geen klanten aankwamen, sloot haar ogen, haalde twee keer diep adem en tikte 'Paul Smith + componist' in op Google.

Zo kwam het dat ze vier maanden later bij de artiesteningang van The Brooklyn Academy of Music op Paul James Smith stond te wachten. Ze had gehoopt dat hij haar zou kunnen vertellen hoe ze Vincent kon opsporen. Maar nu was Vincent kennelijk dood, wat betekende dat het een heel ander gesprek zou worden. De artiesteningang bevond zich in een rustige woonstraat. Mirella liep tijdens het wachten heen en weer, niet ver, slechts een paar meter de ene en weer de andere kant op. Het was eind januari, maar warm voor de tijd van het jaar, ruim boven het vriespunt. Er stond nog één andere persoon te wachten: een man van ongeveer haar leeftijd, halverwege de dertig, in spijkerbroek en een doorsnee jasje. Zijn spijkerbroek en hemd waren allebei te groot. Hij knikte haar toe, ze knikte terug, waarna ze allebei een beetje ongemakkelijk verder bleven wachten. Er ging wat tijd overheen. Een stel medewerkers kwam naar buiten en verdween zonder acht op hen te slaan.

Eindelijk verscheen ook Vincents broer. Hij oogde wat verlopen, maar eerlijk gezegd zag niemand er bijzonder gezond uit in het oranje schijnsel van de straatverlichting.

'Paul...' zei Mirella, op hetzelfde moment dat de andere man zei: 'Neem me niet kwalijk...' Ze wisselden verontschuldigende blikken en vielen stil terwijl Paul van de een naar de ander keek. Er kwam nog iemand snel aanlopen, een bleke man met een deukhoed en een trenchcoat.

'Hallo,' zei Paul heel algemeen tegen iedereen.

'Goedenavond!' zei de deukhoed. Toen hij zijn hoed afnam, bleek hij vrijwel kaal. 'Daniel McConaghy. Grote fan. Geweldige voorstelling.'

Paul groeide een paar centimeter en leek ineens een beetje te stralen toen hij een stapje naar voren zette om de man een hand te geven. 'Dank je wel,' zei hij, 'altijd tof om een fan te ontmoeten.' Hij keek verwachtingsvol in het rond naar Mirella en de man in de te grote kleren.

'Gaspery Roberts,' zei de man in de slobberkleren. 'Prachtige voorstelling.'

'Neem me alsjeblieft niet kwalijk,' zei de man met de deukhoed. 'Ik denk niet dat je vieze handen hebt of zoiets.

Ik ben alleen verslaafd aan ontsmettende handgel sinds dat Wuhanverhaal steeds op het nieuws is.' Hij stond met een verontschuldigend lachje in zijn handen te wrijven.

'Fomieten spelen een ondergeschikte rol bij de overdracht van Covid-19,' zei Gaspery. Fomieten? Covid-19? Mirella had geen van die woorden ooit eerder gehoord en de andere twee stonden ook te fronsen. 'O, klopt,' zei Gaspery, schijnbaar tegen zichzelf, 'het is pas januari.' Toen wist hij weer waar hij was. 'Paul, heb je tijd voor een drankje? Ik trakteer. En mag ik je dan een paar vragen over je werk stellen?' Hij had een vaag accent dat Mirella niet kon plaatsen.

'Helemaal goed,' zei Paul. 'Ik kan wel een glas van het een of ander gebruiken.' Hij wendde zich naar Mirella toe.

'Mirella Kessler,' zei ze. 'Ik was bevriend met je zus.'

'Vincent,' zei hij zacht. Ze kon zijn gezichtsuitdrukking op dat moment niet helemaal duiden. Verdriet, maar ook vluchtig iets tersluiks leek het. Even zei niemand iets. 'Hé,' zei hij gemaakt opgewekt, 'waarom gaan we niet met z'n allen iets drinken?'

Ze belandden in een Frans tentje een paar straten verderop, tegenover een park dat er vanaf de plek waar Mirella zat uitzag als een heuvel die maar net in bedwang werd gehouden door een hoge bakstenen steunmuur. Ze kende Brooklyn helemaal niet, alles hier was daarom geheimzinnig, geen referentiepunten behalve een vaag idee dat als ze de cafédeur uitliep de skyline van Manhattan ergens aan haar linkerhand moest zijn. De eerste schok van het nieuws van Vincents dood was wat weggeëbd en had plaatsgemaakt voor een grenzeloze vermoeidheid. Ze zat naast de man met de deukhoed, wiens naam ze was vergeten, en tegenover Gaspery, die naast Paul zat. De deukhoed leuterde maar door over hoe geniaal Paul was, wie hem beïnvloed moest hebben, zijn artistieke schatplichtigheid aan Warhol, enzovoort; hij was van meet af aan weg geweest van Pauls werk, zijn grensverleggende experimentele samenwerking met die videokunstenaar – hoe heette hij ook alweer? – op Art Basel in Miami, en wat een sprong was dat geweest toen Paul plotseling verder ging met eigen video's in plaats van samen te werken met anderen, en ga zo maar door. Paul zat te stralen. Hij vond het heerlijk om bejubeld te worden, maar wie niet. Mirella zat naar het raam toe en haar blik dreef steeds over Gaspery's schouder naar het park. Als er een aardbeving was en de steunmuur brak, zou het park dan over de straat schuiven en het café begraven? Toen ze Vincents naam hoorde, keerde haar aandacht terug naar de tafel.

'Je zus, Vincent, heeft dus dat vreemde filmpje gemaakt dat vanavond in de voorstelling zat?' Dit was Gaspery, een naam die ze had onthouden omdat ze die nooit eerder had gehoord.

Paul lachte. 'Noem één video van mij die níét vreemd is,' zei hij. 'Vorig jaar had ik een interview met een journalist die me aan de lopende band *sui generis* noemde en op een gegeven moment zei ik zo van: "Kerel, zeg toch gewoon 'vreemd'. Vreemd, wonderlijk, excentriek, kies maar." Daarna liep het interview een stuk beter, dat kan ik je wel vertellen.' Hij lachte hard om zijn eigen anekdote en de deukhoed lachte mee.

Gaspery glimlachte. 'Ik bedoelde dat filmpje met het bospad.' Hij liet niet los. 'Met de duisternis, de vreemde geluiden.'

'O. Ja. Dat was van Vincent. Ze zei dat ik het mocht gebruiken.'

'Is het gefilmd waar je bent opgegroeid?' vroeg Gaspery.

'Jij hebt je goed voorbereid,' zei Paul goedkeurend.

Gaspery neeg zijn hoofd. 'Je komt uit British Columbia, toch?'

'Ja. Piepklein plaatsje, Caiette heet het, in het noorden van Vancouver Island.'

'O, dicht bij Prince Edward Island,' zei de deukhoed zelfverzekerd.

'Maar ik ben daar niet echt opgegroeid,' zei Paul, die dit kennelijk niet had gehoord. 'Vincent wel. Zelfde vader, verschillende moeders. Ik was er altijd alleen in de zomer en om het jaar met kerst. Maar klopt, het filmpje is daar gemaakt.'

'Dat... dat moment in het filmpje,' zei Gaspery, 'die anomalie, bij gebrek aan een beter woord. Heb je ooit zelf zoiets gezien?'

'Alleen onder invloed van lsd,' zei Paul.

'O,' zei de deukhoed. Zijn gezicht lichtte op. 'Ik wist niet dat er ook psychedelische invloeden in je werk zaten.' Hij boog op een vertrouwelijk soort manier naar voren. 'Ik ben zelf behoorlijk diep gegaan met psychedelica. Zodra je met heroïsche doseringen gaat experimenteren, begin je bepaalde inzichten over de wereld te krijgen. Zoveel is een illusie, hè?'

Gaspery wierp hem een bezorgde blik toe. Mirella keek naar hem terwijl ze wachtte op een kans om naar Vincent te informeren. Gaspery had op een ongrijpbare manier iets ongewoons.

'En als je dát eenmaal beseft,' zei de deukhoed, 'valt alles op zijn plek, hè? Vriend van me, wilde stoppen met roken, maar had het er moeilijk mee. Deed wel zes of acht stoppogingen. Lukte niet. Hij kon het niet. Tot hij op een dag lsd neemt en *bam*. De volgende avond belt-ie me op, zegt: "Dan, het is een wonder. Ik had vandaag niet eens zín in een sigaret." Ik zeg je, het was...'

'Wat is er met haar gebeurd?' vroeg Mirella aan Paul. Ze wist dat ze onbeleefd was, maar het kon haar niets schelen. Ze zat hier maar en werd met de minuut ouder en verdrietiger en wilde weten wat er gebeurd was met haar vriendin zodat ze weg kon van deze mensen.

Paul keek haar knipperend aan alsof hij even vergeten was dat zij er ook was.

'Ze zat op een schip en is overboord geslagen,' zei hij. 'Ongeveer anderhalf jaar... nee, twee jaar geleden. Vorige maand was het twee jaar.'

'Wat voor een schip? Deed ze een cruise?'

De deukhoed zat nors naar zijn glas te staren, maar Gaspery volgde het gesprek met veel belangstelling.

'Nee, ze was... Ik weet niet wat je allemaal weet over wat ze in New York heeft meegemaakt,' zei Paul, 'dat knettergekke gedoe met haar man die ineens een boef bleek te zijn...'

'Mijn man had belegd in zijn ponzisysteem,' zei Mirella. 'Ik weet er alles van.'

'Jezus,' zei Paul. 'Heeft hij...'

'Wacht,' zei de deukhoed, 'hebben we het over Jonathan Alkaitis?'

'Ja,' zei Paul. 'Ken je dat verhaal?'

'Krankzinnig misdrijf,' zei de deukhoed. 'Hoe groot was die fraude wel niet, twintig miljard dollar? Dertig? Ik weet nog waar ik was toen dat op het nieuws kwam. Mijn moeder belde, bleek dat mijn vaders pensioengeld in...'

'Je vertelde over het schip,' zei Mirella.

Paul knipperde weer met zijn ogen. 'O ja.'

'Niet om het een of ander, maar je valt me steeds in de rede,' zei de deukhoed tegen Mirella.

'Niemand heeft het tegen jou,' zei Mirella. 'Ik stelde Paul een vraag.'

'Oké, ja, dus Vincent en ik, we hadden eigenlijk al een paar jaar geen contact,' zei Paul, 'maar nadat Alkaitis haar in de steek had gelaten en het land uit gevlucht was, heeft Vincent kennelijk een soort opleiding gedaan en de nodige diploma's gehaald, waarna ze als kok op een containerschip naar zee is gegaan.'

'O,' zei Mirella. 'Wauw.'

'Wat een boeiend leven, hè?'

'Wat is er met haar gebeurd?'

'Dat weet eigenlijk niemand,' zei Paul. 'Ze verdween gewoon van dat schip. Alles wees op een ongeluk. Het lichaam is nooit gevonden.'

Mirella wist niet dat ze zou gaan huilen tot ze voelde dat de tranen over haar gezicht liepen. De mannen aan tafel keken allemaal zwaar ongemakkelijk. Alleen Gaspery was zo galant om haar een servetje aan te reiken.

'Ze is verdronken,' zei ze.

'Ja. Ik bedoel, daar ziet het naar uit. Ze waren honderden mijlen van land verwijderd. Het was zwaar weer toen ze verdween.'

'Verdrinken was juist waar ze het allerbangst voor was.' Mirella depte haar gezicht droog met het servetje. In de stilte aan hun tafel zwollen de geluiden van het café om hen heen aan: een zacht in het Frans kibbelend stel aan een nabije tafel, gekletter uit de keuken, de dichtvallende wc-deur.

'Oké,' zei Mirella, 'dank je wel dat je me het wilde vertellen. En dank je wel voor het drankje.' Ze wist niet wie de drankjes zou betalen, zij in elk geval niet. Ze stond op en liep zonder om te kijken de deur uit.

Buiten voelde ze zich doelloos. Ze moest een Uber bellen en naar huis gaan, wist ze, gewoon naar huis gaan en slapen en niet zoiets stoms doen als na zonsondergang gaan wandelen in een onbekend stadsdeel, maar Vincent was dood. Ze zou een plekje opzoeken waar ze even kon zitten, besloot Mirella, om haar gedachten op een rijtje te zetten. Het leek een behoorlijk brave buurt, echt laat was het nog niet en ze was bovendien nergens bang voor, dus stak ze de straat over en liep het park in.

Het was stil in het park, al was het er zeker niet uitgestorven. Mensen liepen door lichtkringen, stelletjes met hun armen om elkaars schouders, vriendengroepjes, een neuriënde vrouw. Er hing dreiging in de lucht, maar die was niet tegen haar gericht. Hoe kon Vincent dood zijn? Het was onmogelijk, het hele verhaal. Ze wist een bankje te bereiken, zette haar koptelefoon op zodat ze kon doen alsof ze niets hoorde als iemand haar aansprak en probeerde zo op te gaan in de omgeving dat ze onzichtbaar werd. Hier wilde ze even blijven, hier wilde ze zitten en aan Vincent denken of blijven tot ze een manier had gevonden om niet langer aan Vincent te denken. Dan zou ze naar huis gaan en gaan slapen. Maar haar gedachten dwaalden af naar Jonathan, Vincents vroegere echtgenoot, die zijn levensdagen in een luxehotel in Dubai sleet. Het idee dat hij daar was, waar hij ook was, roomservice liet komen en vroeg of zijn bed kon worden verschoond en in het hotelzwembad ging zwemmen – en dat terwijl Vincent dóód was – was hemeltergend.

Een man liep voor haar langs en ging naast haar zitten. Ze keek opzij, zag dat het Gaspery was en zette haar koptelefoon af.

'Neem me niet kwalijk,' zei hij, 'ik zag je het park inlopen en het is weliswaar geen slechte buurt, maar...' Hij maakte zijn zin niet af, want dat hoefde hij niet. Voor een vrouw alleen in een park na zonsondergang is elke buurt een slechte buurt.

'Wie ben jij?' vroeg Mirella.

'Een soort detective,' zei Gaspery. 'Je verklaart me vast voor gek als ik in details treed.'

Hij had iets bekends, bedacht ze, iets in zijn profiel dat in de verte een belletje deed rinkelen, maar ze kon hem niet echt thuisbrengen.

'Waar ben je op dit moment mee bezig?'

'Luister, ik zal er geen doekjes om winden, ik ben niet geïnteresseerd in meneer Smith of zijn kunst,' zei Gaspery.

'Dat geldt ook voor mij.'

'Maar ik ben wel geïnteresseerd in, hoe zal ik het zeggen, in een bepaald soort anomalie, zoals dat moment in het filmpje als het beeld op zwart gaat. Ik stond bij de artiesteningang te wachten om hem daar wat vragen over te stellen.'

'Het is een vreemd moment.'

'Mag ik vragen of je vriendin het er ooit over heeft gehad? Het was tenslotte haar filmpje.'

'Nee,' zei Mirella, 'niet dat ik me herinner.'

'Logisch wel,' zei Gaspery. 'Ze zal nog erg jong zijn geweest toen ze dat filmpje maakte. De dingen die we zien als we jong zijn, blijven ons niet altijd bij.'

De dingen die we zien als we jong zijn.

'Volgens mij heb ik jou al eens eerder gezien,' zei Mirella. Ze keek naar zijn gezicht en profil in het halfdonker. Hij draaide zich naar haar toe en ze wist het zeker. 'In Ohio.'

'Je kijkt alsof je een spook ziet.'

Ze stond op. 'Jij was dat onder het viaduct,' zei ze. 'Dat was jij, hè?'

Hij fronste. 'Volgens mij ben je in de war met iemand anders.'

'Nee, volgens mij was jij dat. Jij was dat onder het viaduct. Net voordat de politie kwam, voordat je werd gearresteerd. Je zei mijn naam.'

Maar hij keek oprecht verward. 'Mirella, ik...'

'Ik moet gaan.' Ze vluchtte, rende niet echt, maar liep met de vlugge, onstuitbare tred die ze in de loop der jaren in New York had vervolmaakt, schoot het park uit, was weer in de straat waar de deukhoed en Vincents broer in het viskomlicht van het Franse café nog steeds diep in gesprek zaten. Gaspery was niet achter haar aan gekomen. Ze was blij dat hij een wit overhemd aanhad, in het donker zou hij zowat oplichten. Ze dook weg in een beschaduwde woonstraat, vloog langs oude bruinrode huizen die mooi stonden te wezen in de straatverlichting, ijzeren hekken, oude bomen, steeds sneller, naar de fellere lichten van een winkelstraat verderop, waar een gele taxi over de kruising gleed als een koets, als een soort wonder. Een gele taxi in Brooklyn! Ze hield hem staande en stapte in. Even later zoefde de taxi over de Brooklyn Bridge, op de achterbank een zacht huilende Mirella. De chauffeur wierp een blik op haar via zijn achteruitkijkspiegel, maar – o, de voorkomendheid van vreemden in deze overvolle stad! – zei niets.

2

Als kind woonde Mirella met haar moeder en oudere zus Susanna in een twee-onder-een-kap in een randgemeente in Ohio. Hun huurhuis stond in een gebied waar troosteloze winkelstrips en grote blokkendooswinkels elkaar afwisselden. Achter het parkeerterrein van de Walmart strekten de akkers zich uit. Een paar kilometer verderop stond een gevangenis. Mirella's moeder had twee banen en was haast nooit thuis. Na een korte nacht stond ze elke ochtend weer vroeg op, in de winter ruim voor zonsopgang, goot melk over de ontbijtgranen van haar dochters, kamde hun haar terwijl ze met slaapogen koffie dronk en bracht ze met de auto naar school. Daar kregen beide dochters een kus, vervolgens zaten ze zo'n tien uur op school – voor en na schooltijd in de buitenschoolse opvang, ertussen de reguliere lessen – tot ze aan het eind van de middag de bus pakten die een kilometer van hun huis stopte.

Het was een ongure kilometer. Ze moesten onder een viaduct door. Mirella vond het viaduct eng, maar in al de jaren dat ze daar woonde, vanaf haar vijfde tot haar zestiende, toen ze vroegtijdig met school kapte en met de bus naar New York vertrok, gebeurde er maar één keer echt iets naars. Mirella was negen, Susanna moest dus elf zijn geweest, en ze hadden weliswaar schoten gehoord toen de schoolbus wegreed, maar begrepen pas achteraf welk geluid dat was. Op het moment zelf keken ze elkaar aan in de winterschemering en haalde Susanna haar schouders op. 'Vast een kapotte knalpot of zoiets,' zei ze, en Mirella, die bereid was alles te geloven wat Susanna zei, pakte de hand van haar zus en ze gingen op weg. Het sneeuwde. De ingang van het viaduct was een donkere grot die ze zou opslokken. Er is niets aan de hand, zei Mirella tegen zichzelf, er is niets aan de hand, er is niets aan de hand. Want er was nooit iets aan de hand, alleen deze ene keer wél. Toen ze de duisternis in stapten, klonk het geluid nog eens, onmogelijk hard dit keer. Ze bleven staan.

Een paar meter voor hen lagen twee mannen op de grond. Eén van hen lag doodstil, de andere maakte schokkende bewegingen. In het zwakke licht en van zo'n afstand kon ze niet precies zien wat er met hen was. Een derde man zat in elkaar gezakt tegen de muur, in zijn hand bungelde losjes een pistool. Een vierde man rende weg, Mirella hoorde zijn galmende voetstappen en ving een korte glimp van hem op toen hij het talud aan de andere kant van het viaduct op klauterde voordat hij uit zicht verdween.

Lange tijd waren ze allemaal – Mirella, Susanna, de man met het wapen, de twee dode of stervende mannen op de grond – gestold in een wintertafereel. Hoelang? Het voelde ontzettend lang. Uren, dagen. De man met het wapen maakte een slaperige, verdoofde indruk, hij knikkebolde een, twee keer. Toen kwamen de zwaailichten van de politie, blauw en rood streek over hem heen en dat leek hem te wekken. Hij keek naar het wapen in zijn hand, alsof hij niet wist hoe het daar was gekomen, draaide zijn hoofd en keek de meisjes recht aan.

'Mirella,' zei hij.

Er volgde geschreeuw en tumult, een dichte drom donkere uniforms – 'Leg je wapen neer! Leg je wapen neer!' – en hoewel het voorval objectief had plaatsgevonden, Susanna en zij echt door de politie waren ondervraagd en het de volgende dag echt in de krant had gestaan ('Twee mannen doodgeschoten onder viaduct: verdachte aangehouden'), kon ze zich in de daaropvolgende jaren makkelijk ervan overtuigen dat ze zich dat laatste gedeelte alleen maar had verbeeld, dat hij niet echt haar naam had gezegd. Hoe had hij haar naam kunnen weten? Susanna kon zich niet herinneren iets te hebben gehoord.

Maar al die jaren later achter in een taxi op weg naar Manhattan, veilig in een ander leven, zat ze met een zekerheid die ze niet van zich af kon schudden: de man onder het viaduct was Gaspery Roberts.

Ze sloot haar ogen, probeerde te ontspannen, maar haar telefoon trilde in haar hand. Haar vriendin appte: *Kom je vanavond naar het feestje van Jess?*

Het duurde even voor ze het weer wist. Ze appte terug – *Ben onderweg* – en zwaaide naar de achteruitkijkspiegel om contact te maken met de chauffeur.

'Neem me niet kwalijk.'

'Mevrouw?' zei hij, een tikje behoedzaam omdat ze net nog had zitten huilen.

'Ik wil graag een nieuwe bestemming opgeven. Ik moet naar Soho.'

3

Ze moest zich een weg door het hele feestje banen voordat ze Louisa vond, die op het terras, eigenlijk alleen maar een klein stukje bitumendak, stond te roken. Ze gaf haar een zoen en schoof onhandig naast haar op een smal stenen bankje.

'Hoe gaat het?' vroeg Louisa. Ze woonden apart, maar waren heel vaak samen.

'Goed hoor,' zei Mirella, omdat ze het er niet over wilde hebben. Het was verontrustend makkelijk om tegen Louisa te liegen. Ze wist dat het niet eerlijk was om mensen met elkaar te vergelijken, dat weet iedereen, maar wat haar op dit moment parten speelde, was dat Louisa in haar ogen oneindig minder interessant leek dan Vincent. Louisa had iets onbedorvens, een air alsof ze altijd beschermd was gebleven tegen de scherpere kantjes van het leven, wat nu minder aantrekkelijk was dan eerst. 'Ik ben een beetje moe,' zei Mirella. 'Ik heb niet zo goed geslapen.'

'Hoe komt dat?'

'Weet niet, gewoon zomaar een slechte nacht.'

Iets anders wat haar deze avond parten speelde: het was Jess' feestje en Jess was een vriendin van Mirella, niet van Louisa. In Mirella's oude leven, haar leven van lang geleden waarin alles anders was, had ze met Faisal op dit dakterras gestaan. Net als toen was het versierd met lichtjesslingers en potpalmen, niettemin voelde het een beetje als de bodem van een donkere put. Dat was het nadeel van het aanhouden van enkele vriendschappen uit haar tijd met Faisal, hier en daar had je gevaarlijke plekken, plekken die haar in de herinneringen van een ander leven konden zuigen. Dit terras was zo'n plek. Op een andere avond, op een ander feestje – veertien jaar geleden? dertien? – had ze hier met Vincent gestaan, een beetje aangeschoten, en recht naar boven gekeken naar een klein stukje donkere hemel, omdat Vincent zwoer dat ze de Poolster kon zien.

'Daar,' zei Vincent. 'Kijk maar, volg mijn vinger. Hij schijnt niet heel fel.'

'Dat is een satelliet,' zei Mirella.

'Wát is een satelliet?' vroeg Faisal, die net het terras op kwam. Ze waren apart hierheen gekomen en dit was de eerste keer dat ze hem die dag weer zag. Ze zoende hem en het ontging haar niet hoe Vincent hun kant op keek voordat ze haar ogen weer op de avondhemel richtte. Een verschil tussen Mirella en Vincent was dat Mirella echt van haar man hield.

'Daar,' zei Mirella, en ze wees. 'Hij beweegt, zie je?'

Faisal tuurde naar boven. 'Ik zal je op je woord moeten geloven,' zei hij. 'Ik heb geloof ik een nieuwe bril nodig.' Met zijn arm om haar middel keek hij om zich heen naar het krappe terras. 'Wauw,' zei hij, 'lekker spannend en bohemienachtig hier, inclusief brandgevaar.'

Dat was waar. Aan alle kanten rezen gebouwen op. Drie van de vier muren hoorden bij andere gebouwen, in de vierde zat de deur naar het feestje. Nu ze hier al die jaren later buiten met Louisa zat, deed Mirella haar ogen even dicht om het beeld van Faisal die naar de hemel tuurde buiten te sluiten.

'Wat heb je allemaal gedaan vandaag?' vroeg Louisa.

Er was een tijd geweest dat Mirella Louisa's vragen leuk vond; het was een geschenk, dacht ze ooit, om met iemand te zijn die echt geïnteresseerd was, geïnteresseerd in alles wat ze zoal op een dag had gedaan. Maar vanavond stoorde het haar.

'Stukje gewandeld. Wasje gedraaid. Vooral naar Instagram zitten staren.' Gaspery Roberts kon onmogelijk de man zijn die ze onder het viaduct had gezien, bedacht ze nu, want dat was tientallen jaren geleden en hij zag er geen dag ouder uit.

'Was dat bevredigend?'

'Natuurlijk niet,' zei Mirella, iets scherper dan bedoeld. Louisa keek haar verrast aan.

'Laten we er even tussenuit gaan,' zei Louisa. 'We zouden een huisje kunnen huren, een paar dagen de stad uit.'

'Dat klinkt heerlijk.' Maar Mirella schrok van het ongelukkige gevoel dat door haar heen sloeg bij het voorstel. Ze wilde heel graag níét met Louisa naar een huisje, besefte ze.

'Maar eerst,' zei Louisa, 'moet ik nodig nog wat drinken.' Ze ging naar binnen en Mirella was even alleen, tot er een vrouw naar haar toe kwam die om een vuurtje vroeg en aanbood in ruil daarvoor Mirella's toekomst te voorspellen. Mirella stak haar handen uit zoals opgedragen, met de handpalmen naar boven. Ze schaamde zich dat ze zo beefden. Hoe kon haar liefde voor Louisa zo plotseling en absoluut voorbij zijn? Hoe kon de man onder het viaduct in Ohio zoveel jaren later ineens in New York opduiken? Hoe kon Vincent dood zijn? De waarzegster hield haar handen boven die van Mirella, hun handpalmen raakten elkaar net niet, en sloot haar ogen. Mirella vond het leuk dat ze haar onbespied kon gadeslaan. De waarzegster was ouder dan Mirella aanvankelijk had gedacht, ergens in de dertig, met eerste lijnen in haar gezicht. Ze droeg verschillende ingewikkeld gedrapeerde sjaals.

'Waar kom je vandaan?' vroeg ze.

'Ohio.'

'Nee, ik bedoel oorspronkelijk.'

'Nog steeds Ohio.'

'O. Ik meende een accent te horen.'

'Het accent is ook uit Ohio.'

De waarzegster hield haar ogen nog steeds dicht.

'Je hebt een geheim,' zei ze.

'Heeft niet iedereen dat?'

Haar ogen gingen open. 'Als jij me het jouwe vertelt, vertel ik jou het mijne en daarna zien we elkaar nooit weer,' zei ze.

Het was een aantrekkelijk voorstel. 'Oké,' zei Mirella. 'Maar jij eerst.'

'Mijn geheim is dat ik een hekel aan mensen heb,' zei de vrouw uit de grond van haar hart, en Mirella vond haar voor het eerst sympathiek.

'Alle mensen?'

'Allemaal op zo'n drie na,' zei ze. 'Nu jij.'

'Mijn geheim is dat ik een man wil vermoorden.' Was dat waar? Mirella wist het niet zeker. Er leek een kern van waarheid in te zitten.

De ogen van de waarzegster schoten over Mirella's gezicht, alsof ze erachter probeerde te komen of het een grapje was. 'Iemand in het bijzonder?' vroeg ze. Ze glimlachte aarzelend – je maakt een grapje, toch? Zeg alsjeblieft dat je een grapje maakt – maar Mirella beantwoordde haar glimlach niet.

'Ja,' zei Mirella. 'Iemand in het bijzonder.' Het werd echt terwijl ze het zei.

'Hoe heet hij?'

'Jonathan Alkaitis.' Wanneer had ze die naam voor het laatst hardop gezegd? Ze herhaalde hem nog eens, zachter dit keer. 'Weet je, misschien wil ik alleen maar met hem praten. Ik weet het niet.'

'Nogal een groot verschil,' zei de waarzegster.

'Ja.' Mirella sloot haar ogen voor de donkerte van de hemel, het rumoer van het nabije feestje, de stank van de sigarettenrook, het gezicht van de waarzegster. 'Ik zal moeten kiezen.'

'Oké,' zei de waarzegster. 'Bedankt nog voor het vuurtje.'

Ze glipte weg en verdween via een open deur, als een doorgang naar een verloren wereld, in het feestje. Het was een koude nacht en de maan scheen helder boven New York. Mirella bleef er even naar kijken en ging toen ook terug naar het feestje, dat voelde als een droom die ze ooit had gehad, een en al abstracte kleuren en commotie en lichtjes. Louisa danste in de woonkamer. Mirella bleef even naar haar kijken en waadde toen door de menigte naar haar toe.

'Ik heb hoofdpijn,' zei Mirella. 'Ik ga denk ik maar.'

Louisa zoende haar en Mirella wist dat het voorbij was. Ze voelde niets. 'Bel me,' zei Louisa.

'Adieu,' zei Mirella, terwijl ze al achteruit wegliep, en Louisa, die geen woord Frans sprak en de geïmpliceerde boodschap niet begreep, wierp haar een luchtkus toe.

3

Laatste signeertournee op aarde /

2203

DE SIGNEERTOURNEE BEGON IN NEW YORK, WAAR OLIVE SIGneersessies hield in twee boekwinkels, waarna ze voorafgaand aan het boekhandelarendiner nog een uurtje ertussenuit kon glippen voor een wandeling in Central Park. De Sheep Meadow in de avondschemering: zilverachtig licht, natte bladeren op het gras. Het was druk in de lucht met laagvliegende luchtschepen. In de verte trokken de meteoorachtige lichten van pendelluchtvaart verticale strepen richting de koloniën. Olive bleef staan om zich te oriënteren en liep toen naar het oude dubbele silhouet van het Dakotagebouw. Erachter rezen honderd verdiepingen tellende woontorens op.

In het Dakota wachtte Olives nieuwe pr-agent op haar, Aretta, die verantwoordelijk was voor alle afspraken in de Atlantische Republiek. Aretta was iets jonger dan Olive en respectvol op een manier waar Olive nerveus van werd. Toen Olive de foyer betrad, stond Aretta snel op en knipperde het hologram waarmee ze had zitten praten uit. 'Lekker in het park gewandeld?' vroeg ze. Ze glimlachte al in afwachting van een positief antwoord.

'Het was heerlijk, dank je wel,' zei Olive. Ze zei niet: zo heerlijk dat ik even wou dat ik op aarde kon wonen. De laatste keer dat ze een tussenpersoon iets had toevertrouwd had diegene dat tijdens het diner meteen wereldkundig gemaakt ('Weet je wat Olive me onderweg hierheen vertelde?' had een bibliothecaresse er ademloos uitgeflapt tegen een restauranttafel vol wachtende bibliothecarissen. 'Ze zei dat ze voorafgaand aan haar praatje een beetje zenuwachtig was!'). Dus nu gaf Olive principieel nooit ook maar iets persoonlijks aan wie dan ook prijs.

'Goed,' zei Aretta, 'we moeten maar eens gaan. De zaal ligt zo'n zes of zeven straten hiervandaan, zullen we misschien gewoon...?'

'Ik ga het liefst te voet,' zei Olive, 'als je het niet erg vindt.' Samen liepen ze de zilveren stad in.

Zou Olive echt willen dat ze op aarde kon wonen? Die vraag kon ze niet eenduidig beantwoorden. Ze had haar hele leven op de honderdvijftig vierkante kilometer van de tweede maankolonie gewoond, de weinig fantasievol genaamde Kolonie Twee. Ze vond het er prachtig; Kolonie Twee was een stad van witte steen, spitse torens, boomrijke straten en plantsoenen, afwisselende wijken met hoge gebouwen en kleine huizen met minigazonnetjes, een rivier die onder overdekte voetgangersbruggen stroomde... maar er valt ook iets te zeggen voor organisch gegroeide steden. Kolonie Twee had een rustgevende symmetrie en orde. Orde kan soms meedogenloos zijn.

In de signeerrij na de lezing in Manhattan zakte die avond een jongeman aan zijn kant van de tafel op zijn knieën zodat hij min of meer op ooghoogte was met Olive, en zei: 'Ik heb een boek om te laten signeren,' zijn stem beefde licht, 'maar wat ik eigenlijk wilde zeggen, is dat uw werk me het afgelopen jaar door een moeilijke periode heeft geholpen. Ik ben dankbaar.'

'O,' zei Olive. 'Dank je wel. Ik voel me zeer vereerd.' Maar op dat soort momenten klonk 'vereerd' altijd ontoereikend, waardoor het het verkeerde woord leek, wat Olive het gevoel bezorgde dat ze de mensen op een of andere manier voor de gek hield, alsof ze een acteur was die de rol van Olive Llewellyn speelde.

'Iedereen heeft weleens het gevoel dat hij een bedrieger is,' zei haar vader de volgende avond tijdens de rit van de luchtschipterminal van Denver naar het plaatsje waar hij met Olives moeder woonde.

'O, ik weet het,' zei Olive. 'Ik wil ook niet beweren dat het een echt probleem is.' Zoals Olive haar leven zag, had ze geen echte problemen.

'Oké.' Haar vader glimlachte. 'Ik kan me voorstellen dat je leven dezer dagen een beetje desoriënterend is.'

'Een beetje misschien wel.' Olive had achtenveertig uur voor een bezoek aan haar ouders voordat de tournee verder ging. Ze kwamen door een landbouwgebied, enorme robots verplaatsten zich langzaam over de akkers. Het zonlicht was hier scherper dan thuis. 'Ik ben vooral dankbaar dat het allemaal kan,' zei ze. 'Desoriënterend of niet.'

'Tuurlijk. Maar het is vast moeilijk om niet bij Sylvie en Dion te zijn.'

Ze hadden inmiddels het buitengebied bereikt van het dorp waar haar ouders woonden en kwamen door een buurt met robotreparatiegieterijen.

'Ik probeer er gewoon niet aan te denken,' zei Olive. Het grijs van de gieterijen ging over in bont geschilderde winkeltjes en huizen. De klok op het dorpsplein schitterde in het zonlicht.

'De afstand is onverdraaglijk als je er te lang over nadenkt.' Haar vaders ogen waren strak op de weg gericht. 'We zijn er,' zei hij. Ze sloegen af naar de straat van haar ouders en daar stond haar moeder, zo dichtbij, in de deuropening. Zodra ze stilstonden, sprong Olive uit de hovercraft en rende naar de uitgestrekte armen van haar moeder. Als de afstand onverdraaglijk is, vroeg ze niet, toen niet en ook later niet gedurende de twee dagen dat ze bij haar ouders was, waarom wonen jullie dan zo ver van mij vandaan?

Het huis van Olives ouders was niet het huis waar ze was opgegroeid – dat huis hadden haar ouders een paar weken nadat Olive was vertrokken om te studeren verkocht, toen ze besloten met pensioen te gaan en naar de aarde te verhuizen – maar het was een vredige plek. 'Het was heerlijk je te zien,' fluisterde haar moeder bij haar vertrek. Ze omhelsde Olive en streek over haar haar. 'Kom je snel weer?'

Voor het huis wachtte een hovercraft met chauffeur, die een van Olives Noord-Amerikaanse uitgevers had geregeld. Ze had die avond een optreden in een boekwinkel in Colorado Springs en vloog de volgende ochtend vroeg naar een festival in Deseret.

'Volgende keer kom ik met Sylvie en Dion,' zei Olive, en ze stapte weer haar tournee in.

Een paradox van een signeertournee: Olive miste haar man en dochter wanhopig en hartstochtelijk, maar genoot er ook van om op een zaterdagochtend om halfnegen in de frisse herfstlucht alleen in de lege straten van Salt Lake City te staan, boven haar vogels die door het witte licht zeilden. Het heeft wel wat om op te kunnen kijken naar een heldere blauwe lucht en te weten dat het geen koepel is.

De volgende middag wilde ze in de Republiek Texas weer een ommetje maken. Ze logeerde in een La Quinta met recht ertegenover een andere La Quinta, ertussen een parkeerterrein. Op de kaart bevonden zich direct aan de overkant van de weg verschillende restaurants en winkels, maar wat de kaart niet aangaf was dat het een achtbaanssnelweg betrof zonder oversteekplaats en met een constante verkeersstroom, voor het merendeel moderne hovercrafts, maar zo nu en dan ook een koppig ouderwetse pick-uptruck op wielen. Ze liep een stuk langs de snelweg en zag de winkels en restaurants als een luchtspiegeling schitteren aan de overkant. Er was geen mogelijkheid om over te steken zonder je leven te riskeren, dus liet ze het. Weer terug in het hotel voelde ze iets in haar enkels prikken en toen ze naar beneden keek, zag ze dat haar sokken vol klitten zaten, verbazingwekkend scherpe zwartbruine sterretjes, net miniwapentjes, die ze heel voorzichtig moest lospulken. Ze legde ze op tafel en fotografeerde ze vanuit elke hoek. Ze waren zo volmaakt hard en glimmend dat je ze makkelijk kon aanzien voor biotech, maar toen ze er een uit elkaar trok, zag ze dat die echt was. Nee, 'echt' was het woord niet. Alles wat je kunt aanraken is echt. Wat ze zag, was iets wat gegroeid was, een afwerpsel van een of andere geheimzinnige plant die in de maankoloniën niet groeide, dus wikkelde ze er een paar in een sok en borg ze zorgvuldig op in haar koffer om ze aan haar dochter Sylvie te geven, die vijf was en dat soort dingen verzamelde.

'Ik vond uw boek erg verwarrend,' zei een vrouw in Dallas. 'Je had al die verhaallijnen en dan al die personages en ik wachtte steeds tot het allemaal zeg maar bij elkaar zou komen, maar dat gebeurde niet. Het verhaal was gewoon afgelopen. En ik dacht van...' ze zat een stukje verderop tussen het publiek in de donkere zaal, maar Olive zag dat ze haar handen bewoog alsof ze door een boek bladerde en de pagina's ineens op waren... 'ik dacht alleen maar van huh? Ontbreken er pagina's in het boek? Het was gewoon afgelopen.'

'Oké,' zei Olive. 'Dus even voor mijn begrip, uw vraag is...'

'Ik dacht alleen maar van: wát?' zei de vrouw. 'Mijn vraag is gewoon...' Ze spreidde haar handen, alsof ze wilde zeggen: help me even, ik heb geen woorden meer.

De hotelkamer die avond was volledig zwart en wit. Olive droomde dat ze schaakte met haar moeder.

Hield het boek te abrupt op? Ze piekerde drie dagen over die vraag, van de Republiek Texas tot in westelijk Canada.

'Ik doe mijn best om niet pessimistisch te zijn,' zei Olive aan de telefoon tegen haar man, 'maar ik heb al drie dagen amper geslapen en denk niet dat ik vanavond veel indruk zal maken met mijn lezing.' Dit was in Red Deer. Buiten het hotelkamerraam glinsterden de lichtjes van torenflats in het donker.

'Wees maar niet pessimistisch,' zei Dion. 'Denk aan het citaat dat in mijn werkkamer hangt.'

'"Het leven is geweldig als je niet zwicht",' zei Olive. 'Over je werkkamer gesproken, hoe gaat het op het werk?'

Hij zuchtte. 'Ik ben op dat nieuwe project gezet,' zei hij. Dion was architect.

'De nieuwe universiteit?'

'Ja, zoiets. Een centrum voor natuurkundig onderzoek, maar ook... Ik heb een strikte geheimhoudingsverklaring getekend, dus niet doorvertellen, oké?'

'Natuurlijk. Ik zwijg als het graf. Maar wat is er zo geheim aan de architectuur van een universiteit?'

'Het is niet helemaal... ik weet niet of het echt een universiteit is.' Dion klonk bezorgd. 'Er zitten rare dingen in de blauwdrukken.'

'Wat voor rare dingen?'

'Nou, om te beginnen is er een tunnel onder de straat die het gebouw met het politiehoofdbureau verbindt,' zei hij.

'Wat moet een universiteit met een tunnel naar de politie?'

'Al sla je me dood. En aan de achterkant grenst het aan het regeringsgebouw,' zei Dion, 'waar ik aanvankelijk verder niets achter zocht. We hebben het hier over een toplocatie in het centrum, dus waarom zou de universiteit niet iets neerzetten naast het regeringsgebouw, maar het zijn niet twee afzonderlijke gebouwen. Er zitten zoveel doorgangen tussen dat het praktisch gezien één en hetzelfde gebouw is.'

'Je hebt gelijk,' zei Olive, 'dat is raar.'

'Nou ja, het staat vast wel goed in mijn portfolio.'

Olive begreep uit zijn toon dat hij het er liever niet meer over wilde hebben. 'Hoe gaat het met Sylvie?'

'Prima.' Dion bracht het gesprek onmiddellijk op een of andere onbenullige kwestie met betrekking tot de boodschappen en Sylvies schoollunches, waaruit ze opmaakte dat Sylvie waarschijnlijk niet zo goed kon omgaan met haar afwezigheid. Ze was hem dankbaar dat hij zo lief was haar daar niet mee te belasten.

De volgende ochtend vloog ze naar een stad in het hoge noorden voor een dag vol interviews, 's avonds was er weer een lezing en aansluitend een lange signeerrij en een laat diner, gevolgd door drie uur slaap, waarna 's ochtends om kwart voor vier de taxi naar de luchthaven alweer klaarstond.

'Wat doe je voor de kost, Olive?' vroeg de chauffeur.

'Ik ben schrijver,' zei Olive. Ze sloot haar ogen en leunde met haar hoofd tegen het raampje, maar de chauffeur sprak weer:

'En wat schrijf je?'

'Boeken.'

'Vertel.'

'Oké,' zei Olive, 'ik ben aan het touren voor een roman met de titel *Marienbad*. Het gaat over een pandemie.'

'Is dat je meest recente boek?'

'Nee, ik heb sindsdien twee andere boeken geschreven. Maar *Marienbad* wordt verfilmd, dus nu ben ik op tournee voor een nieuwe uitgave.'

'Wat interessant,' zei de chauffeur, en ze begon te vertellen over een boek dat ze zelf wilde schrijven. Het leek te gaan om een soort scifi/fantasyverhaal, de moderne wereld, maar dan met tovenaars, demonen en pratende ratten. De ratten waren goed. Ze hielpen de tovenaars. Het waren ratten, want in alle boeken die de chauffeur had gelezen waarin hulpvaardige pratende dieren voorkwamen, waren die dieren gewoon te groot. Paarden en draken en noem maar op. Maar hoe beweeg je je onopvallend door de wereld met een draak of een paard? Het werkt gewoon niet. Probeer maar eens met een paard een kroeg te bezoeken. Nee, wat je wilt, zei ze, is een dierenhulpje dat je makkelijk bij je kunt steken, een rat bijvoorbeeld.

'Zit wat in, ratten zijn inderdaad veel handzamer,' zei Olive. Ze probeerde haar ogen open te houden, maar het viel haar erg zwaar. De enorme vrachtwagen voor hen slingerde steeds over de middenstreep. Menselijke bestuurder of een foutje in de software? Hoe dan ook verontrustend. De taxichauffeur had het over de mogelijkheden van het multiversum: ratten kunnen hier niet praten, zei ze, maar volgt daar logischerwijs uit dat ze nérgens kunnen praten? Ze leek op een reactie te wachten.

'Nou ja, ik weet niet veel over de anatomie van ratten,' zei Olive, 'bijvoorbeeld of hun strottenhoofd en stembanden en wat je verder nodig hebt geschikt zijn voor menselijke spraak, maar ik zou er wat langer over moeten nadenken, misschien hebben ratten in andere universums een andere anatomie...' (Het kan zijn dat ze inmiddels in gemompel vervallen was of misschien wel helemaal niet hardop sprak. Het was erg moeilijk om wakker te blijven.) De achterkant van de vrachtwagen was prachtig, staal met een reliëf in diamantpatroon dat glinsterde en glansde in het licht van de koplampen.

'Ik bedoel, voor hetzelfde geld bestaat er een universum waar jouw boek echt is,' zei de chauffeur. 'Ik bedoel nonfictief!'

'Ik hoop het niet,' zei Olive. Ze kon haar ogen maar half

openhouden, waardoor de lichtjes in haar gezichtsveld vervormden tot verticale vegen, het dashboard, de achterlichten, de weerschijn van de achterkant van de vrachtwagen.

'Maar jouw boek dus,' zei de chauffeur, 'dat gaat over een pandemie?'

'Ja. Een wetenschappelijk gezien onwaarschijnlijke griep.' Olive kon haar ogen niet langer openhouden en staakte haar verzet. Ze sloot ze en liet zich in een soort halfslaap zakken waaruit ze, zo wist ze, zou ontwaken zodra ze een stem hoorde...

'Heb je het nieuws uit Australië gevolgd?' zei de chauffeur. 'Over dat nieuwe virus?'

'Een beetje,' zei Olive met haar ogen dicht. 'Ze lijken het redelijk onder controle te hebben.'

'Weet je, in mijn boek,' zei de chauffeur, 'zit ook een soort apocalyps.' Ze praatte een tijdje over een rampzalige scheur in het ruimte-tijdcontinuüm, maar Olive was te moe om het te volgen.

'Ik heb je de hele rit wakker gehouden!' zei de chauffeur opgewekt toen de auto stilstond bij de luchthaven. 'Je hebt helemaal niet kunnen slapen!'

Twaalf uur later stond Olive haar lezing over *Marienbad* te houden, die zwaar leunde op haar onderzoek naar de geschiedenis van pandemieën. De lezing was inmiddels zo vertrouwd dat ze er weinig bewust bij hoefde na te denken en haar gedachten dwaalden af. Ze moest steeds denken aan het gesprek met de chauffeur, en haar eigen uitspraak 'Ze lijken het redelijk onder controle te hebben' bleef door haar hoofd spoken. Maar neem deze epidemiologische vraag: als je het over uitbraken van besmettelijke ziektes hebt, is dan 'redelijk onder controle' in wezen niet hetzelfde als 'helemaal niet onder controle'? Concentreer je, zei ze tegen zichzelf, en ze dwong zich om weer volledig in de realiteit van het podium te zijn, van het grote felle licht en de microfoon.

'In het voorjaar van 1792,' zei ze, 'voer kapitein George Vancouver op de HMS Discovery noordwaarts langs de kust van wat later British Columbia zou heten. Naarmate hij en zijn bemanning noordelijker kwamen, werden ze steeds meer bevangen door een beklemmend gevoel. Hier had je dit milde klimaat, dit ongelooflijk groene landschap en toch leek dat eigenaardig leeg. Vancouver schreef in zijn scheepsjournaal: "We zijn bijna 150 mijl langs deze kusten gevaren zonder datzelfde aantal bewoners te zien."' Een korte stilte om dit te laten bezinken terwijl Olive een slok water nam. Een virus is ofwel onder controle ofwel niet. Het is een binaire toestand. Ze leed aan slaaptekort. Ze zette het glas neer.

'Toen ze zich aan land waagden, kwamen ze bij dorpen met plek voor honderden bewoners, alleen waren die dorpen uitgestorven. Toen ze verder trokken, ontdekten ze dat het bos een dodenoord was.' Dit was het gedeelte van haar lezing dat vóór de geboorte van haar dochter makkelijk was geweest en dat ze nu bijna niet gezegd kreeg. Olive zweeg even om rustig te kunnen blijven. 'Kano's met menselijke resten hingen op zo'n drie, vier meter hoogte in de bomen,' zei ze. Menselijke resten die niet Sylvie waren. Niet Sylvie. Niet Sylvie. 'Elders vonden ze ook aan het strand lijken. Want de pokken waren hier al gearriveerd.'

In de signeerrij na de lezing signeerde Olive eindeloos vaak haar naam, terwijl haar gedachten steeds weer afdwaalden naar rampspoed. *Voor Xander, hartelijke groet Olive Llewellyn. Voor Claudio, hartelijke groet Olive Llewellyn. Voor Sohail, hartelijke groet Olive Llewellyn. Voor Hyeseung, hartelijke groet Olive Llewellyn.* Zat er weer een pandemie aan te komen? Die ochtend was er in Nieuw-Zeeland een nieuw cluster gevallen opgedoken.

De hotelkamer was dit keer voornamelijk beige; boven het bed hing een schilderij van een roze aardebloem met uitbundig veel blaadjes – een pioenroos?

'Een jaar eerder, in 1791,' zei Olive een dag later voor een ander publiek, zelfde lezing/andere stad, 'had een koopvaardijschip, de Columbia Redeviva, dezelfde wateren bevaren. Ze dreven ruilhandel in zeeotterhuiden.' Hoe zag een zeeotter er eigenlijk uit? Olive had er nog nooit een gezien. Ze nam zich voor het later op te zoeken. 'Ze hadden iets soortgelijks meegemaakt. Ze troffen een vrijwel uitgestorven gebied aan en de weinige overlevenden die ze tegenkwamen hadden vreselijke verhalen en vreselijke littekens. "Het was duidelijk dat de Inboorlingen des Lands bezocht waren door de gesel der mensheid die Pokken heet," schreef John Boit, een bemanningslid. Zijn collega-matroos John Hoskins werd gegrepen door verontwaardiging: "Verfoeilijke Europeanen, een schandvlek op de christelijke naam; zijt gij het," schreef hij, "die de gruwelijkste ziektes meeneemt en achterlaat in een land met mensen die gij als Wilden beschouwt?"'

Een slokje water. Het publiek was muisstil. (Een vluchtige gedachte die haar met een gevoel van triomf vervulde: ik heb het publiek bij de kladden.) 'Maar alles begint natuurlijk eerst ergens,' zei ze. 'Voordat de pokken van Europa naar Amerika konden worden meegenomen, moest de pokziekte eerst naar Europa komen.'

Toen ze er die nacht even uit moest, liep ze tegen een tafeltje aan omdat ze in gedachten de indeling van haar hotelkamer van de vorige nacht voor zich zag.

De volgende ochtend vroeg de chauffeur tijdens een lange rit tussen steden of Olive thuis kinderen had.

'Ik heb een dochter,' zei Olive.

‘Hoe oud?’

‘Vijf.’

‘Wat doet u hier dan?’ vroeg de chauffeur.

‘Dit is hoe ik in haar levensonderhoud voorzie,’ zei ze zo vriendelijk als ze kon. Ze voegde er niet aan toe: ‘Flikker op, zeg, ik weet zeker dat je een man die vraag nooit zou stellen,’ want ze zaten tenslotte maar met zijn tweeën in de auto, die man en Olive. Ze reden door een bosreservaat. Ze stelde zich voor dat Sylvie naast haar zat, dat ze als ze dat wilde haar hand kon uitsteken en haar warme knuistje pakken.

‘Bent u daar opgegroeid? In de koloniën?’ vroeg hij na enige tijd plotseling. Ze hadden het eerder over de maankoloniën gehad.

‘Ja. Mijn grootmoeder was een van de eerste kolonisten.’

Soms stelde ze zich voor hoe haar grootmoeder als twintigjarige in het eerste ochtendgloren opsteeg van de luchtschipterminal Vancouver en haar luchtschip het donker in vloog.

‘Ik wilde er altijd een keer heen,’ zei de chauffeur. ‘Het is er nooit van gekomen.’

Vergeet niet hoezeer je boft dat je kunt reizen. Vergeet niet dat er mensen zijn die deze planeet nooit verlaten. Olive sloot haar ogen om zich beter te kunnen verbeelden dat Sylvie naast haar zat.

‘U ruikt trouwens lekker,’ zei de chauffeur.

De volgende vier hotelkamers waren wit en grijs en hadden een eendere indeling, omdat alle vier de hotels tot dezelfde keten behoorden.

‘Verblijft u voor het eerst bij ons?’ vroeg een vrouw bij de receptie van het derde of vierde hotel, en Olive wist niet zeker wat ze moest antwoorden, want als je in één Marriott hebt overnacht, ben je dan niet in allemaal geweest?

Weer een andere stad:

'Voordat de pokken van Europa naar Amerika konden worden meegenomen, moest de pokziekte eerst naar Europa komen.' Olive had spijt van haar besluit om een trui te dragen. De lampen in Toronto gaven te veel warmte af. 'Halverwege de tweede eeuw brachten soldaten die terugkeerden van hun beleg van de Mesopotamische stad Seleucië een nieuwe ziekte naar de Romeinse hoofdstad.'

'Lijders aan de Pest van Antoninus, zoals de ziekte werd genoemd, vertoonden verschijnselen als koorts, braken en diarree. Na een paar dagen verscheen er een vreselijke uitslag op hun huid. De bevolking bezat geen immuniteit.' Olive had deze lezing zo vaak gehouden dat ze zich inmiddels voelde als een neutrale toeschouwer. Ze luisterde vanaf enige afstand naar de woorden en cadansen.

'Toen de Pest van Antoninus huishield in het Romeinse Rijk,' vertelde Olive het publiek, 'werd het leger gedecimeerd. In sommige delen van het rijk stierf één op de drie mensen. Een interessant gegeven is dat de Romeinen zich afvroegen of ze de ramp over zichzelf hadden afgeroepen door hun optreden in Seleucië.'

Ze was op haar hotelkamer – dit keer voornamelijk beige en blauw, met roze accenten – toen Dion belde. Dat was ongebruikelijk: doorgaans belde zij hem. Dion klonk moe. Hij had lange dagen gemaakt, zei hij, het nieuwe universiteitsproject had iets griezeligs en Sylvie was lastig. Toen hij haar vandaag van school haalde, wilde ze niet meekomen en had ze trammelant geschopt en iedereen had medelijden met hem gehad, dat zag hij in hun zachte blikken. 'Heb je het nieuws gevolgd over die nieuwe ziekte in Australië?' vroeg hij. 'Ik ben er niet helemaal gerust op.'

'Niet echt,' zei Olive. 'Eerlijk gezegd ben ik te moe om na te denken.'

'Ik wou dat je thuis kon komen.'
'Ik ben binnenkort weer thuis.'
Hij zweeg.
'Ik moet naar bed,' zei ze. 'Welterusten.'
'Welterusten,' zei hij, en hij hing op.

'In de stad Seleucië,' vertelde Olive haar toehoorders in de Mercantile Library in Cincinnati een dag of twee later, 'had het Romeinse leger de tempel van Apollo vernield. In die tempel, zo schrijft hun landgenoot en historicus Ammianus Marcellinus, hadden Romeinse soldaten een smalle nis ontdekt. Ze maakten het gat groter in de hoop er kostbaarheden te vinden, maar toen, schrijft Marcellinus, ontsnapte er "een ziektekiem. Die werd de draagster van heftige en ongeneeslijke ziektes, die [...] alles en iedereen in het hele gebied vanaf de grenzen van Perzië tot aan de Rijn en Gallië met een dodelijke ziekte besmette."'

Korte pauze. Slokje water. Alles staat en valt met de presentatie.

'Het mag in onze ogen misschien wat dwaas klinken, maar indertijd zochten ze wanhopig naar een verklaring voor de nachtmerrie waarin ze verzeild geraakt waren en ik denk dat deze verklaring bij al haar buitenissigheid de wortel van onze angst aanstipt: ziekte is nog steeds omgeven met een verschrikkelijke geheimzinnigheid.'

Ze keek in het publiek en zag, zoals altijd op dit punt van haar lezing, op sommige gezichten die ene blik, een bepaald soort verdriet. In elk publiek zitten onvermijdelijk een paar ongeneeslijk of chronisch zieke mensen en een aantal anderen die onlangs een dierbare aan ziekte zijn kwijtgeraakt.

'Ben je ongerust over het nieuwe virus?' vroeg Olive aan het hoofd van de bibliotheek in Cincinnati. Ze zaten in de directeurskamer, waarvan Olive onmiddellijk constateerde dat het misschien wel haar favoriete werkkamer was van alle werkkamers die ze ooit had gezien. Hij bevond zich onder de hoge boekenrekken die honderden jaren oud waren en gemaakt waren van gietijzer.

'Ik probeer dat niet te zijn,' antwoordde de vrouw. 'Ik hoop dat het vanzelf uitdooft.'

'Zo lijkt het doorgaans wel te gaan,' zei Olive. Was dat waar? Ze twijfelde terwijl ze het zei.

Het hoofd van de bibliotheek knikte, haar ogen dwaalden door de kamer. Ze wilde het duidelijk niet over pandemieën hebben. 'Zal ik je iets magnifieks over deze bibliotheek vertellen?'

'O ja, graag,' zei Olive. 'Het is lang geleden dat iemand me iets magnifieks heeft verteld.'

'Oké: het gebouw is niet ons eigendom,' zei de vrouw, 'maar we hebben een huurcontract met een looptijd van tienduizend jaar.'

'Je hebt gelijk. Dat is magnifiek.'

'Negentiende-eeuwse hybris. Dat je denkt dat de beschaving over tienduizend jaar nog steeds zal bestaan. Maar dat is niet alles.' Ze boog naar voren, zweeg even voor het effect. 'Het huurcontract is verlengbaar.'

Het raam in de hotelkamer van die nacht kon open, wat na pakweg tien kamers met ramen die niet open konden als een soort wonder voelde. Olive zat lange tijd bij dat raam in de heerlijke frisse lucht een roman te lezen.

Bij haar vertrek uit Cincinnati de volgende ochtend zag Olive vanuit de hal van de luchthaven een zonsopgang. De warmte golfde boven het asfalt, de horizon kleurde roze. *Paradox: ik wil naar huis, maar ik zou eindeloos naar de zonsopgangen op aarde kunnen kijken.*

'De waarheid is,' zei Olive vanachter een katheder in Parijs, 'dat we zelfs nu, zoveel eeuwen later en met al onze technologische vooruitgang en al onze wetenschappelijke kennis van ziektes, vaak nog steeds niet weten waarom de ene persoon wel ziek wordt en de andere niet, of waarom de ene patiënt in leven blijft en de andere overlijdt. Ziekte beangstigt ons omdat ze chaotisch is. Het heeft iets akelig willekeurigs.'

Bij de receptie die avond tikte iemand haar op de schouder. Toen ze zich omdraaide, stond daar Aretta, haar pr-agent uit de Atlantische Republiek.

'Aretta!' zei ze. 'Wat doe jij in Parijs?'

'Ik heb vrij,' zei Aretta, 'maar een van mijn beste vriendinnen werkt bij je Franse uitgever en heeft kaartjes voor de receptie geregeld, dus ik kom even hallo zeggen.'

'Wat fijn je hier te zien,' zei Olive, en dat meende ze, maar iemand trok haar mee om een groepje geldschieters en boekverkopers te woord te staan, dus stond Olive een tijdlang in een kring mensen die wilden weten wanneer haar volgende boek zou verschijnen en of Parijs haar goed beviel en waar haar gezin was.

'Uw man moet wel erg aardig zijn,' zei een vrouw, 'dat hij op uw dochtertje past terwijl u dit doet.'

'Hoe bedoelt u?' vroeg Olive, al wist ze natuurlijk wat de vrouw bedoelde.

'Nou, hij past op uw dochter terwijl u dit doet,' zei de vrouw.

'Neem me niet kwalijk,' zei Olive. 'Ik ben bang dat er iets mis is met mijn vertaalrobot. Ik dacht dat u zei dat het aardig van hem was om voor zijn eigen kind te zorgen.' Toen ze zich van haar wegdraaide, merkte ze dat ze tandenknarste. Ze zocht Aretta, maar zag haar nergens.

De volgende vier hotelkamers waren beige, blauw, weer beige, vervolgens voornamelijk wit, maar in alle vier stond er op het bureau een vaas met zijdebloemen.

'Hoe is dat nu?' vroeg de interviewer. Het was moeilijk om níét aan de vrouw in Parijs te denken, maar Olive deed haar best. *Gewoon doorgaan*. Olive en de interviewer zaten op een podium in Tallinn. De lampen brandden heel warm.

'Hoe bedoelt u?' Het was een vreemde openingsvraag.

'Hoe is het om zo'n succesvol boek te schrijven? Hoe is het om Olive Llewellyn te zijn?'

'O. Eerlijk gezegd nogal surrealistisch. Ik heb drie boeken geschreven die onopgemerkt bleven, geen distributie buiten de maankoloniën, en toen... Het is alsof je in een parallel universum belandt,' zei Olive. 'Toen ik *Marienbad* publiceerde, viel ik op een of andere manier in een bizarre omgekeerde wereld waar mensen mijn werk echt lezen. Het is heel bijzonder. Ik hoop dat ik er nooit aan gewend raak.'

De chauffeur die Olive die avond naar haar hotel bracht, had een prachtige stem en zong onder het rijden een oud jazzliedje. Olive draaide het hovercraftraampje open en sloot haar ogen om met haar gezicht in de frisse lucht de muziek intenser te kunnen beleven en een paar minuten lang was ze volmaakt gelukkig.

'Het is verbluffend hoe de tijd vertraagt als ik op reis ben,' zei Olive aan de telefoon tegen Dion. Ze lag op haar rug op de grond van weer een andere hotelkamer naar het plafond te kijken. Het bed zou comfortabeler zijn geweest, maar ze had rugpijn en de harde vloer hielp. 'Het voelt alsof ik al zes maanden onderweg ben. Ik begrijp niet helemaal hoe het nog steeds november kan zijn.'

'Het zijn nu drie weken.'

'Dat zeg ik.'

Het was stil op de lijn.

'Waar het om gaat,' zei Olive, 'is dat je dankbaar kunt zijn voor buitengewone omstandigheden terwijl je tegelijk een groot verlangen hebt om bij de mensen te zijn van wie je houdt.'

Ze bespeurde een zekere ontspanning tussen hen voordat hij sprak. 'Ik weet het, lieverd,' zei Dion teder. 'Wij missen jou ook.'

'Ik heb nog over je project nagedacht,' zei ze. 'Wat een universiteit moet met een ondergrondse doorgang naar het hoofdbureau van politie...'

Maar Dions toestel ging over. 'Het spijt me,' zei hij, 'het is mijn baas. Tot gauw?'

'Tot gauw.'

Ze zat in een luchtschip boven de Atlantische Oceaan toen ze op het antwoord op het raadsel kwam.

Al decennia bogen onderzoeksteams zich over tijdreizen, zowel op aarde als in de koloniën. In die context was een universiteit voor natuurkundig onderzoek met een ondergrondse doorgang naar het hoofdbureau van politie en talloze letterlijke achterdeurtjes naar de regering volstrekt logisch. Is tijdreizen niet vooral ook een veiligheidsprobleem?

Ze zocht eindeloos naar het liedje dat de chauffeur in Tallinn zong, maar kon het niet vinden. Ze kon zich de tekst niet precies herinneren. Steeds weer gaf ze zoektermen op in haar toestel (liefde + regen + dood + geld + liedtekst) zonder dat het iets opleverde.

Op een festival in Lyon gewijd aan detectiveverhalen bracht Olives Franse pr-agent haar naar een mediakamer waar de interviewer, een vrouw die voor een tijdschrift werkte, een rij hologramcamera's aan het programmeren was. 'Olive,' zei de interviewer, 'ik ben dol op je boeken.'

'Dank je wel, wat fijn om te horen.'

'Zou je alsjeblieft in die stoel willen gaan zitten?'

Olive nam plaats. Een assistent bevestigde een microfoon aan haar blouse.

'Oké, het volgende vraaggesprekje doe ik met alle auteurs op het festival,' zei de interviewer, 'het duurt niet lang. Het is bedoeld als grappig tussendoortje voor ons publiek.'

'Grappig tussendoortje?' Olive was er niet gerust op. Haar Franse pr-agent keek bezorgd op naar de interviewer.

'Zullen we beginnen?'

'Prima.' Tien holografische camera's zweefden door de lucht en bleven als een sterrenring om Olive hangen om hun samengestelde beeld op te bouwen.

'Oké,' zei de interviewer, 'de vragen hebben allemaal een detectiveachtig aspect!'

'Omdat we op een detectivefestival zijn,' zei Olive.

'Precies. Oké. Vraag één: wat is je favoriete alibi?'

'Mijn favoriete... alibi?'

'Ja, in de zin van uitvlucht, voorwendsel, je weet wel.'

'Ik heb niet echt... Ik zeg gewoon dat ik al andere plannen heb. Als ik iets niet wil doen.'

'Naar ik begrijp ben je getrouwd met een man,' zei de interviewer. 'Toen je je toekomstige echtgenoot net had ontmoet, wat was toen voor jou de eerste aanwijzing dat je verliefd op hem zou kunnen worden?'

'Tja,' zei Olive, 'gewoon een gevoel van herkenning, denk ik. Hopelijk is dat niet te vaag. Ik herinner me de eerste keer dat ik hem zag. Ik keek naar hem en wist dat hij belangrijk zou zijn in mijn leven. Maar of dat een aanwijzing is...'

'Wat is volgens jou een perfecte moord?'

'Ik herinner me ooit een verhaal te hebben gelezen waarin een man werd doodgestoken met een ijspegel,' zei Olive. 'Dat lijkt me wel perfect, een misdrijf waarbij het moordwapen smelt. Maar even tussendoor, als je het niet erg vindt: heb je ook vragen die met mijn werk te maken hebben?'

'Nog eentje. Oké, laatste vraag: seks met of zonder handboeien?'

Olive haalde tijdens het opstaan de microfoon van haar blouse. Ze legde hem rustig op haar stoel. 'Geen commentaar,' zei ze, en ze liep de kamer uit voordat de interviewer de tranen in haar ogen kon zien.

In Shanghai bracht Olive alles bij elkaar opgeteld drie uur door met praten over zichzelf en over haar boek, wat neerkwam op praten over het einde van de wereld terwijl ze haar best deed zich niet voor te stellen hoe de wereld verging met haar dochter erop. Daarna ging ze terug naar haar hotel, waar ze op de gang merkte dat het haar moeite kostte om in een rechte lijn te lopen. Ze dronk nooit, maar dronkenschap en vermoeidheid lijken soms op elkaar. Olive liep zwalkend door de gang en strompelde haar kamer binnen. Ze trok de deur achter zich dicht en bleef lange tijd staan met haar voorhoofd tegen de koele muur boven de lichtschakelaar. Op een gegeven moment hoorde ze haar eigen stem steeds weer zeggen: 'Het is te veel. Het is te veel. Het is te veel.'

'Olive,' zei het AI-systeem van de kamer zacht nadat er wat tijd was verstreken, 'kunnen we iets voor je doen?' Toen Olive niet antwoordde, herhaalde het de vraag in het Mandarijn en Kantonees.

'Olive, dit is echt stomtoevallig, maar ik heb dus ooit je literair agent gebabysit,' zei een vrouw de volgende dag in een signeerrij in Singapore.

'Welke boodschap zou u willen dat uw lezers uit *Marienbad* halen?' vroeg een andere interviewer.

Olive en de interviewer zaten samen op een podium in Tokio. De interviewer was een hologram, omdat hij om niet nader genoemde persoonlijke redenen niet had kunnen overkomen uit Nairobi. Olive vermoedde dat de persoonlijke reden ziekte was: het beeld van de interviewer bevroor steeds, maar er zat geen vertraging in het geluid, wat erop duidde dat de interviewer niet bevroor vanwege een slechte verbinding, maar omdat hij steeds de hoestknop op zijn bedieningspaneel indrukte.

'Ik heb alleen maar geprobeerd een interessant boek te schrijven,' zei Olive. 'Er is geen boodschap.'

'Weet u het zeker?' vroeg de interviewer.

'Signeert u ook een tweedehandsboek?' vroeg een vrouw in een signeerrij.

'Natuurlijk, met alle plezier.'

'En is dit trouwens uw handschrift?' vroeg de vrouw.

Iemand, niet Olive, had al iets in het exemplaar van *Marienbad* van deze vrouw geschreven: *'Harold: ik heb genoten gisteravond. xoxoxoxo Olive Llewellyn.'*

Olive keek naar het zinnetje en werd bevangen door een lichte duizeling. 'Nee,' zei ze, 'ik weet niet wie dat heeft geschreven.'

(Nog dagen daarna was ze afgeleid door de gedachte aan een schaduw-Olive die op een soort parallelle tournee door het landschap bewoog en opdrachten schreef in boeken van Olive, die ze zelf nooit zou verzinnen.)

In Kaapstad ontmoette Olive een schrijver die al anderhalf jaar met zijn man rondreisde ten dienste van een boek waarvan vele malen meer exemplaren waren verkocht dan van *Marienbad*.

'We kijken gewoon hoelang we onderweg kunnen blijven

voordat we echt weer naar huis moeten,' zei de schrijver. Hij heette Ibby, voluit Ibrahim, en zijn man was Jack. Ze zaten 's avonds met zijn drieën op het dakterras van het hotel, dat vol zat met auteurs die hier voor een literair festival waren.

'Proberen jullie uit alle macht niet naar huis te gaan?' vroeg Olive. 'Of houden jullie gewoon van reizen?'

'Allebei,' zei Jack. 'Ik reis graag.'

'En onze flat is saai,' zei Ibby, 'maar we hebben nog niet besloten wat we daaraan zullen doen. Verhuizen? Opknappen? Het ligt nog helemaal open.'

Op het dak stonden tientallen bomen in reusachtige plantenbakken met fonkelende lichtjes in de takken. Er klonk muziek, een strijkkwartet. Olive had haar vaste chique tourneejurk aan, die zilverkleurig was en tot haar enkels reikte. Dit is een van de glamourmomenten, dacht Olive, en ze borg de herinnering zorgvuldig op om er later kracht uit te kunnen putten. De wind voerde de geur van jasmijn aan.

'Ik hoorde vandaag goed nieuws,' zei Jack.

'Vertel,' zei Ibby. 'Ik zit al de hele dag in een soort boekenfestivaltunnel. Onbedoelde nieuwsblack-out.'

'Ze zijn begonnen met bouwen in de eerste Verre Kolonie,' zei Jack.

Olive glimlachte en wilde iets zeggen, maar was even sprakeloos. De eerste plannen voor de Verre Koloniën waren gemaakt toen haar grootouders nog jong waren. Dit moment zou ze zich altijd herinneren, dacht ze, deze gezellige avond, deze mensen die ze erg sympathiek vond en misschien nooit zou weerzien. Ze zou Sylvie kunnen vertellen waar ze was toen ze het nieuws hoorde. Wanneer had ze voor het laatst echt ontzag gevoeld? Dat was alweer een poos geleden. Olive werd overspoeld met blijdschap. Ze hief haar glas.

'Op Alpha Centauri,' zei ze.

In Buenos Aires ontmoette Olive een vrouw die haar een tatoeage wilde laten zien. 'Hopelijk is dit niet raar voor je,' zei ze. Ze rolde haar mouw op en legde een citaat uit het boek bloot: '*We zagen het aankomen*' stond er in een fraaie zwierige letter op haar linkerschouder.

Olives adem stokte in haar keel. Het was niet alleen een zin uit *Marienbad*, het was een tatoeage in *Marienbad*. In de tweede helft van haar roman laat het personage Gaspery-Jacques die uitspraak op zijn linkerarm tatoeëren. Je schrijft een boek met een fictieve tatoeage, dan duikt die tatoeage in het echte leven op en daarna lijkt bijna alles mogelijk. Ze had vijf van die tatoeages gezien, maar dat maakte het niet minder bijzonder om te zien hoe fictie het echte leven kan binnensijpelen en een spoor kan achterlaten op iemands huid.

'Ongelooflijk,' zei Olive zacht. 'Het is ongelooflijk om die tatoeage in het echt te zien.'

'Het is mijn favoriete zin in je boek,' zei ze. 'Het geldt gewoon voor zoveel, toch?'

Maar lijkt achteraf beschouwd alles niet zonneklaar? Blauwe schemering boven de prairies toen ze in een laagvliegend luchtschip naar de Republiek Dakota vloog. Olive keek uit het raam en probeerde rust te vinden in het landschap. Ze had een nieuwe uitnodiging voor een festival op Titan. Ze was er voor het laatst als kind geweest en bewaarde alleen vage herinneringen aan drommen mensen bij het Dolfinarium en eigenaardig smakeloze popcorn, de warme gelige heiigheid van de hemel bij dag – ze was in een zogenaamde Realistenkolonie geweest, een van de buitenposten waarvan de kolonisten hadden gekozen voor transparante koepels om de echte kleuren van de Titaanse atmosfeer te kunnen ervaren – en vreemde modes, iets wat alle tieners deden waarbij ze hun gezicht beschilderden als pixels, grote kleurblokken die de gezichtsherkenningssoftware moest tegenwerken maar het bijkomende effect hadden dat ze eruitzagen als geschifte clowns. Moest ze naar Titan gaan? *Ik wil naar huis.* Waar was Sylvie nu? *Maar dit is makkelijker dan een vaste baan op kantoor, vergeet dat niet.*

'Ik herinner me ergens gelezen te hebben,' zei een interviewer, 'dat de titel van je eerste boek bij je laatste kantoorbaan vandaan kwam.'

'Ja,' zei Olive, 'ik stuitte er een keer op tijdens mijn werk.'

'Je eerste roman was natuurlijk *Zwemmende sterren met goudglinsters*. Kun je iets over de titel vertellen?'

'Ja, natuurlijk. Ik werkte bij AI-training. Je weet wel, kromme vertalingen van de vertaalrobots opknappen. Ik weet nog hoe ik daar urenlang in zo'n krap bemeten kantoortje zat...'

'Dat was in Kolonie Twee?'

'Ja, Kolonie Twee. Het was mijn taak om de hele dag ongelukkig geformuleerde zinnen te herschrijven. Maar er was er één waarvan mijn hart even stilstond, omdat hij dan wel krom mocht zijn, maar me ook onmiddellijk bekoorde.' Olive had dit verhaal zo vaak verteld dat het was alsof ze een tekst uit een toneelstuk voordroeg. 'Het was een beschrijving van votiefkaarsen met gedichtjes op de kaarsenhouder. De productbeschrijving was op een of andere manier vertaald als "zeven motieven voor versvorm" en bij een van de kaarsen luidde de beschrijving "zwemmende sterren met goudglinsters". De schoonheid van die regels, ik weet het niet, mijn hart stond gewoon even stil.'

Mijn hart stond stil. Twee dagen later zat ze met een andere auteur in een panelgesprek op een festival in de stadstaat Los Angeles toen ineens tot haar doordrong wat die uitdrukking feitelijk impliceerde. Wat zet je hart stil? De dood uiteraard. Olive kon niet geloven dat ze dat nooit eerder had bedacht.

Los Angeles bevond zich onder een koepel, toch was het licht dat door de ramen viel verblindend. Daardoor kon ze het publiek niet zien, wat eerlijk gezegd ideaal was. Al die gezichten die naar haar zaten te staren. Nee, naar hen: de andere auteur heette Jessica Marley en Olive was blij dat ze hier met Jessica zat, al mocht ze haar eigenlijk niet zo heel graag. Jessica voelde zich door alles beledigd, wat onvermijdelijk is als je altijd achter alles een belediging zoekt.

'Sommigen van ons zijn nou eenmaal niet gepromoveerd in de letterkunde, Jim,' zei Jessica tegen de interviewer als reactie op een of andere onwaarneembare provocatie. De blik op zijn gezicht drukte uit wat Olive op dat moment dacht: Dat is snel ontspoord. Maar een man in het publiek stond op en had een vraag over *Marienbad*. Bijna alle vragen gingen over *Marienbad*, wat ongemakkelijk was omdat Jessica hier ook zat, Jessica met haar coming-of-ageboek over opgroeien in de maankoloniën. Olive deed alsof ze *Maan/Opgang* niet had gelezen omdat ze het vreselijk had gevonden. Olive had het allemaal echt meegemaakt en het was bij lange na niet zo poëtisch als Jessica's boek suggereerde. Opgroeien in een maankolonie was oké. Het was niet geweldig, maar ook niet dystopisch. Het was een klein huis in een prettige buurt met boomrijke straten, een goede, maar niet uitzonderlijke openbare school, een leven dat geleefd werd bij een vaste temperatuur van vijftien tot tweeëntwintig graden Celsius onder een zorgvuldig gekalibreerde koepelverlichting en met voorgeprogrammeerde regenbuien. Ze was niet opgegroeid 'vol verlangen naar de aarde' en had haar leven niet beleefd als 'een voortdurende ontheemding' en bedankt.

'Ik heb een vraag voor Olive Llewellyn over de dood van de profeet in *Marienbad*,' zei de man in het publiek. Jessica zuchtte en zakte een beetje in elkaar op haar stoel. 'Het had een veel groter moment geweest kunnen zijn, maar u besloot er een betrekkelijk kleine, non-climactische gebeurtenis van te maken.'

'Echt? Ik zag het als climactisch,' zei Olive zo mild als ze kon.

Hij glimlachte, probeerde haar ter wille te zijn. 'Maar u koos ervoor het heel klein te maken, bijna onbeduidend, terwijl het ook filmisch had kunnen zijn, echt heel groot. Waarom?'

Jessica rechtte haar rug, de kans op een strijdgesprek prikkelde haar.

'Tja,' zei Olive. 'Ik vermoed dat iedereen een ander idee heeft over wat een groot moment inhoudt.'

'Wat kun jij briljant vragen omzeilen,' mompelde Jessica zonder naar haar te kijken. 'Je lijkt wel een omzeilingsninja.'

'Dank je wel,' zei Olive, al wist ze dat het geen compliment was.

'Goed, dan nu de volgende vraag,' zei de interviewer.

'Weet u aan welke uitdrukking ik steeds moet denken?' vroeg een dichter tijdens een ander panelgesprek, op een festival in Kopenhagen. '"Wie kaatst, moet de bal verwachten." Want het is altijd een vervelende bal. Het is nooit: je bent een goed mens geweest en als beloning krijg je een mooie bal. Het zijn nooit goede ballen. Het zijn altijd rotballen.'

Hier en daar gelach en geklap. Een man in het publiek kreeg een hoestbui. Hij liep snel de zaal uit, iets voorovergebogen alsof hij zich wilde verontschuldigen. Olive schreef 'geen goede ballen' in de marge van het festivalprogramma.

Was de dood van de profeet in *Marienbad* te anticlimactisch? Het zou kunnen. Olive zat in de buurt van het festival in Kopenhagen in haar eentje aan een hotelbar thee te drinken en een verlepte salade met te veel kaas eroverheen te eten. Enerzijds was de dood van de profeet wel dramatisch, hij wordt tenslotte in zijn hoofd geschoten, maar misschien had er een soort gevechtsscène moeten zijn, misschien was de dood te terloops, zoals hij binnen één alinea van kerngezond naar dood ging en het verhaal zonder hem gewoon doorging...

'Kan ik u nog iets brengen?' vroeg de barkeeper.

'Alleen de rekening graag,' zei Olive.

... maar ging het in het echt niet net zo? Zullen de meesten van ons niet op een nogal anticlimactische manier sterven? Dus dat ons overlijden door vrijwel iedereen onopgemerkt blijft en onze dood een narratief moment wordt in de verhaallijnen van de mensen om ons heen? Maar *Marienbad* was duidelijk fictie, hoe het in het echt ging was kortom niet relevant voor de voorliggende vraag, en misschien was de dood van de profeet werkelijk een zwak punt. Olive hield haar pen boven de rekening, maar er was een probleem: ze wist haar kamernummer niet meer. Ze moest erom vragen bij de receptie.

'Het gebeurt vaker dan je zou denken,' zei de receptiemedewerker.

De volgende ochtend zat ze in de luchtschipterminal naast een zakelijke reiziger die niet uitgepraat raakte over zijn werk, dat iets te maken had met het opsporen van nepstaal. Olive hoorde het lang aan, omdat zijn monoloog haar afleidde van hoezeer ze Sylvie miste. 'En wat doe jij?' vroeg de man toen.

'Ik schrijf boeken,' zei Olive.

'Voor kinderen?' vroeg hij.

Toen ze in de Atlantische Republiek haar pr-agent weer zag, was het als het weerzien met een oude vriendin. Tijdens een diner voor boekverkopers in Jersey City zaten Aretta en Olive naast elkaar.

'Hoe gaat het nu met je?' vroeg Aretta.

'Goed,' zei Olive, 'het gaat goed allemaal. Ik heb niets te

klagen.' En omdat ze moe was en Aretta inmiddels een beetje kende, zei ze tegen haar eigen regel in om nooit ook maar iets persoonlijks prijs te geven: 'Het zijn alleen wel heel veel mensen.'

Aretta lachte. 'Pr-agenten horen niet verlegen te zijn,' zei ze, 'maar bij dit soort diners wordt het mij soms iets te veel.'

'Heb ik ook,' zei Olive. 'Mijn gezicht wordt moe.'

De hotelkamer van die nacht was wit en blauw. Dat ze niet bij haar man en dochtertje was, zorgde er alleen maar voor dat elke hotelkamer nog leger leek dan de vorige.

Het laatste interview van de tournee was de middag erop in Philadelphia, waar Olive in een prachtige vergaderzaal in een hotel een afspraak had met een man in een donker pak, van haar leeftijd of iets jonger. De kamer bevond zich op een hoge verdieping met een glazen gevel, onder hen strekte de stad zich uit.

'Hier is het,' zei Aretta opgewekt. 'Olive, dit is Gaspery Roberts van het blad *Contingencies*. Ik moet een paar telefoontjes afhandelen, ik zie je later weer.' Ze vertrok. Olive en de interviewer namen plaats in twee identieke groen fluwelen stoelen.

'Dank u wel dat u gekomen bent,' zei de man.

'Graag gedaan. Mag ik u iets vragen over uw naam? Ik heb geloof ik nog nooit eerder iemand ontmoet die Gaspery heet.'

'Het is zelfs nog vreemder,' zei hij. 'Mijn voornaam luidt voluit Gaspery-Jacques.'

'Echt? Ik dacht dat ik die naam verzonnen had voor mijn personage in *Marienbad*.'

Hij lachte. 'Mijn moeder was stomverbaasd toen ze die naam in uw boek tegenkwam. Zij dacht ook dat ze hem zelf verzonnen had.'

'Misschien heb ik uw naam ergens opgevangen zonder het me bewust te herinneren.'

'Het zou zomaar kunnen. Soms is het moeilijk te weten wat we weten, denkt u niet?' Hij sprak op een rustige vriendelijke manier die Olive prettig vond en hij had een licht accent dat ze niet helemaal kon plaatsen. 'Doet u al de hele dag interviews?'

'De halve dag. U bent mijn vijfde.'

'Oef. Ik zal proberen het kort te houden dan. Ik wilde graag iets vragen over een specifieke scène in *Marienbad*.'

'Oké. Vraag maar.'

'Het gaat om de scène in de ruimtehaven,' zei hij. 'Waar uw personage Willis die viool hoort en hij, hoe zal ik het zeggen... verplaatst wordt.'

'Het is een vreemde passage,' zei Olive. 'Ik krijg er veel vragen over.'

'Ik wilde u iets vragen.' Gaspery aarzelde. 'Het klinkt misschien een beetje... ik wil niet onbeleefd zijn. Maar er zit iets van... Ik vroeg me af of die scène ingegeven is door persoonlijke ervaring.'

'Ik heb nooit belangstelling gehad voor autofictie,' zei Olive, maar het lukte haar niet om hem recht aan te kijken. Het gaf haar altijd een zeker houvast om naar haar eigen samengevouwen handen te kijken, ze wist alleen niet of dat kwam door de handen of door de blouse met de smetteloos witte manchetten. Kleren zijn een harnas.

'Luister,' zei Gaspery, 'ik wil u niet in verlegenheid brengen of voor het blok zetten. Ik ben alleen benieuwd of u iets vreemds meegemaakt hebt in de luchtschipterminal van Oklahoma City.'

In de stilte hoorde Olive de zachte geluiden van het gebouw, het gezoem van ventilatie en buizen. Misschien zou ze het niet hebben toegegeven als hij haar niet aan het eind van de tournee te pakken had gekregen, als ze niet zo moe was geweest.

'Ik wil er best over praten,' zei ze, 'maar ik ben bang dat ik te excentriek zal overkomen als het in de definitieve versie van het interview terechtkomt. Kunnen we misschien even off the record gaan?'

'Natuurlijk,' zei hij.

4

Rotballen /

2401

I

Geen enkele ster brandt eeuwig. Je kunt zeggen 'dan vergaat de wereld' en dat menen, maar wat vergeten wordt als je zo'n achteloze uitspraak bezigt, is dat de wereld op een gegeven moment letterlijk zal vergaan. Niet 'de beschaving', wat dat ook moge zijn, maar de feitelijke planeet.

Dat wil niet zeggen dat die kleinere momenten dat de wereld lijkt te vergaan niet vernietigend zijn. Een jaar voordat ik met mijn opleiding aan het Tijdinstituut begon, gaf mijn vriend Ephrem een etentje. Hij was net terug van een vakantie op aarde en vertelde hoe hij met zijn indertijd vierjarige dochtertje Meiying over een begraafplaats had gewandeld. Ephrem was een boomspecialist. Hij bezocht graag oude begraafplaatsen om er naar de bomen te kijken. Maar toen kwamen ze bij het graf van een ander vierjarig meisje, vertelde Ephrem, waarna hij daar alleen nog maar weg wilde. Hij was gewend aan begraafplaatsen, hij zocht ze op, hij had altijd gezegd dat hij ze niet deprimerend vond, alleen vredig, maar dat ene graf greep hem naar de keel. Hij keek ernaar en werd ondraaglijk verdrietig. Daar kwam bij dat het de ergste soort zomerdag was die je op aarde kon hebben; het was onmogelijk vochtig en hij had het gevoel dat hij onvoldoende lucht kreeg. Het gegons van de cicaden beklemde hem. Zijn rug was nat van het zweet. Hij zei tegen zijn dochtertje dat ze weer verder moesten, maar zij bleef nog even treuzelen bij de grafsteen.

'Als haar ouders van haar hielden,' zei Meiying, 'zal het hebben gevoeld alsof de wereld was vergaan.'

Het was zo'n griezelig diepzinnige opmerking, vertelde Ephrem, dat hij daar maar naar haar stond te kijken en dacht: waar kom jij vandaan? Het kostte nog de nodige tijd om de begraafplaats te verlaten – 'Ze bleef bij iedere bloem en dennenappel staan om die uitgebreid te bestuderen' – en ze gingen nooit terug.

Dat zijn de werelden die in ons dagelijks leven vergaan, die stilstaande kinderen, die vernietigende verliezen, maar als de aarde vergaat zal er sprake zijn van een feitelijke, letterlijke vernietiging, vandaar de koloniën. De eerste kolonie op de maan was bedoeld als een prototype, een generale repetitie voor het realiseren van menselijke aanwezigheid in andere zonnestelsels in de komende eeuwen. 'Omdat we uiteindelijk wel zullen moeten,' zei de Chinese president op de persconferentie waarop de bouw van de eerste kolonie bekendgemaakt werd, 'of we het nu willen of niet, tenzij we willen dat de complete menselijke geschiedenis en alles wat de mensheid heeft bereikt over een paar miljoen jaar worden meegezogen in een supernova.'

Driehonderd jaar na die persconferentie keek ik op de werkkamer van mijn zus Zoey naar een opname ervan. De president achter het spreekgestoelte, omringd door ambtenaren, drommen journalisten die vanaf de grond voor het podium naar haar opkeken. Een van hen stak zijn hand op: 'Weten we zeker dat het een supernova zal zijn?'

'Natuurlijk niet,' zei de president. 'Het zou van alles kunnen zijn. Een losgeslagen planeet, een asteroïdenstorm, zeg het maar. Waar het om gaat is dat de aarde om een ster draait en dat alle sterren uiteindelijk sterven.'

'Maar als de ster sterft,' zei ik tegen Zoey, 'is het daarmee natuurlijk ook einde verhaal voor de maan van de aarde.'

‘Klopt,’ zei ze, ‘maar wij zijn alleen maar het prototype, Gaspery. We tonen alleen maar aan dat het concept werkt. De Verre Koloniën zijn al honderdtachtig jaar bewoond.’

2

De eerste maankolonie werd gebouwd op de stille vlaktes van de Zee van rust, niet ver van de plek waar de astronauten van Apollo 11 in een lang voorbije eeuw waren geland. Hun vlag stond daar nog in de verte, een teer standbeeldje op het windeloze maanoppervlak.

De belangstelling voor immigratie naar de kolonie was groot. De aarde was tegen die tijd zeer dichtbevolkt en immens grote gebieden waren door overstroming of hoge temperaturen onbewoonbaar geworden. De architecten van de kolonie hadden ruimte gereserveerd voor grootschalige bouw van woningen, die al snel allemaal verkocht waren. Toen alle ruimte in Kolonie Een benut was, lobbyden de projectontwikkelaars met succes voor de bouw van een tweede kolonie. Maar Kolonie Twee werd iets te haastig gebouwd en binnen een eeuw haperde het verlichtingssysteem van de hoofdkoepel. Dat systeem moest de hemel nabootsen zoals die er vanaf de aarde uitzag; het was fijn als je naar boven keek en blauw zag in plaats van het eindeloze donkere niets. Toen het niet meer naar behoren functioneerde, was er geen nagemaakte dampkring meer, geen pixelverschuivingen om wolken te suggereren, geen zorgvuldig gekalibreerde voorgeprogrammeerde zonsop- en ondergangen, geen blauw meer. Wat niet wil zeggen dat er geen licht was, het licht was alleen allesbehalve aardeachtig: op een heldere dag keken de kolonisten recht de ruimte in. Het contrast van gelijktijdig totale duisternis en helder licht maakte sommige mensen duizelig, hoewel het de vraag was of dit lichamelijk was of geestelijk. Ernstiger was dat de haperende koepelverlichting de illusie van de vierentwintiguursdag ophief. De zon ging nu snel op en trok twee weken lang langs de hemel, gevolgd door een twee weken durende nacht.

De kosten voor reparatie werden te hoog bevonden. Er werden wel enige aanpassingen uitgevoerd, slaapkamerramen werden voorzien van luiken zodat mensen in de nachten dat de zon scheen konden slapen, en de straatverlichting werd opgekrikt voor dagen zonder zonlicht, maar de huizenprijzen kelderden en iedereen die het zich kon veroorloven verhuisde naar Kolonie Een of de onlangs voltooide Kolonie Drie. De naam 'Kolonie Twee' raakte in onbruik, iedereen had het over de Nachtstad. Het was de kolonie waar de hemel altijd zwart was.

Ik ben opgegroeid in de Nachtstad. Op weg naar school kwam ik altijd langs het huis waar Olive Llewellyn was geboren en getogen, een schrijfster die tweehonderd jaar eerder door diezelfde straten had gelopen, niet zo heel ver van de eerste kolonisten op de maan. Het was een klein huis in een boomrijke straat en ik kon zien dat het ooit mooi was geweest, maar de buurt was achteruitgegaan sinds Olive Llewellyn hier als kind had gewoond. Het huis was nu een bouwval, de ramen voor de helft dichtgetimmerd en overal was graffiti, maar de gedenkplaat bij de voordeur hing er nog. Ik sloeg geen acht op het huis, totdat mijn moeder vertelde dat ik vernoemd was naar een bijpersonage in *Marienbad*, Llewellyns beroemdste boek. Ik las het boek niet, ik hield niet van boeken, maar mijn zus Zoey deed dat wel en bracht vervolgens verslag uit: de Gaspery-Jacques in het boek leek absoluut niet op mij.

Ik besloot niet te vragen wat ze bedoelde. Ik was elf toen

ze het las, zij moet dus dertien of veertien zijn geweest. Ze was toen al heel serieus en gedreven, iemand die duidelijk zou uitblinken bij alles wat ze aanpakte, terwijl ik op mijn elfde al begon te vermoeden dat ik misschien niet helemaal was wie ik zou willen zijn, en het zou vreselijk zijn als ze me zou vertellen dat de andere Gaspery-Jacques bijvoorbeeld waanzinnig knap was en over het geheel nogal indrukwekkend, iemand die consciëntieus zijn huiswerk deed en zich nooit schuldig had gemaakt aan kruimeldiefstal. Niettemin beschouwde ik het huis waar Olive Llewellyn was opgegroeid stiekem steeds meer met een zekere eerbied. Ik voelde me ermee verbonden.

Er woonde een gezin, een jongen en een meisje met hun ouders, bleke, ongelukkig uitziende mensen die de eigenaardige gave hadden de indruk te wekken dat ze niet deugden. Ze hadden een verkommerde uitstraling, alle vier. Ze heetten Anderson. De ouders brachten uren op de veranda door waar ze zachtjes kibbelden of de ruimte in keken. De jongen was nurks en raakte op school altijd betrokken bij vechtpartijen. Het meisje was ongeveer van mijn leeftijd en speelde vaak in de voortuin met een hologram, een ouderwets spiegelhologram dat soms met haar danste. Dat waren trouwens de enige keren dat ik haar ergens in de buurt van hun huis zag lachen, als ze ronddraaide en sprongetjes maakte en haar holografische tegenhanger ook ronddraaide en sprong.

Toen ik twaalf was, zat het Anderson-meisje bij mij in de klas en kwam ik erachter dat ze Talia heette. Wie was Talia Anderson? Ze tekende graag. Ze deed flikflaks op het sportveld. Ze zag er op school veel gelukkiger uit dan thuis.

'Ik ken jou,' zei ze op een dag plotseling, toen we samen in de rij voor de kantine stonden. 'Jij komt altijd langs mijn huis.'

'Het ligt op mijn route,' zei ik.

'Op je route waarheen?'

'Op mijn route naar alles. Ik woon aan het eind van de doodlopende straat.'

'Dat weet ik,' zei ze.

'Hoe weet jij waar ik woon?'

'Ik kom ook langs jouw huis,' zei ze. 'Als ik naar de Periferieweg wil, steek ik door via het grasveld van jullie buren.'

Aan het eind van ons grasveld was een afscheiding van bladeren. Je kon je erdoorheen wurmen en dan stond je op de Periferieweg, die langs de gehele binnenrand van de Nachtstadkoepel liep. Als je de weg overstak, belandde je in een vreemd, woest gebied, een hooguit vijftien meter brede strook braakland tussen de weg en de koepel. Struikgewas, zand, nog wat planten, afval. Het was een soort vergeten stuk land. Onze moeder wilde niet dat we er speelden, dus stak Zoey de Periferieweg nooit over; ze was altijd gehoorzaam, daar ergerde ik me kapot aan. Maar ik hield ervan dat het zo woest was en er een vaag gevoel van gevaar hing zoals in een vergeten koninkrijk. Die dag stak ik na school voor het eerst in ettelijke weken de lege weg over, bleef een tijdlang met mijn handen plat op de koepelwand staan en keek door het gelaagde glas. Dat was zo dik dat alles aan de andere kant eruitzag als een droom, veraf als achter een soort waas, maar hier en daar zag je kraters, meteoren, grauwheid. In de verte glansde de matte koepel van Kolonie Een. Ik vroeg me af wat er door het hoofd van Talia Anderson ging als ze over het maanlandschap uitkeek.

Halverwege het jaar werd Talia Anderson overgeplaatst naar een andere klas en verhuisde ze uit onze buurt. Ik zag haar pas weer toen ik halverwege de dertig was en we allebei in het Grand Luna Hotel in Kolonie Een werkten.

Ongeveer een maand nadat mijn moeder overleed begon ik in het hotel te werken. Ze was lang ziek geweest, jarenlang;

in de laatste fase woonden Zoey en ik zowat in het ziekenhuis. De laatste week waren we er dag en nacht, uitgeputte kameraden die de wacht hielden terwijl onze moeder lag te prevelen en sliep. De dood was nabij en bleef nabij, veel langer dan de artsen voorspelden. Mijn moeder had vanaf dat we heel jong waren op het postkantoor gewerkt, maar in haar laatste uren dacht ze dat ze weer postdoctoraal werk deed in een natuurkundig laboratorium en mompelde ze op een verwarde manier over vergelijkingen en de simulatiehypothese.

'Begrijp jij waar ze het over heeft?' vroeg ik Zoey op een gegeven moment.

'Het meeste wel,' zei Zoey. In die uren zat Zoey met gesloten ogen naast het bed te luisteren naar de woorden van onze moeder, alsof ze naar muziek luisterde.

'Kun je het me uitleggen?' Het was alsof ik me met mijn neus tegen de ruit buiten een geheim genootschap bevond.

'De simulatiehypothese? Jawel.' Ze hield haar ogen dicht. 'Bedenk hoe hologrammen en virtual reality zich alleen al in de afgelopen paar jaar hebben ontwikkeld. We kunnen tegenwoordig redelijk overtuigende simulaties van de realiteit uitvoeren, dus stel je eens voor hoe die simulaties over pakweg twee eeuwen zullen zijn. De simulatiehypothese stelt dat we de mogelijkheid dat alle realiteit een simulatie is niet kunnen uitsluiten.'

Ik had al twee dagen niet geslapen en had het gevoel dat ik droomde. 'Oké, maar stel dat we in een computer wonen,' zei ik, 'van wie is die computer dan?'

'Wie zal het zeggen? Van mensen een paar honderd jaar in de toekomst? Van een buitenaardse intelligente levensvorm? Het is geen mainstreamtheorie, maar komt wel regelmatig ter sprake op het Tijdinstituut.' Ze opende haar ogen. 'O god, doe alsjeblieft alsof ik dat nooit gezegd heb. Ik ben moe. Ik praatte mijn mond voorbij.'

'Wat nooit gezegd?'

'Dat gedeelte over het Tijdinstituut.'

'Oké,' zei ik. Ze sloot haar ogen weer. Ik de mijne ook. Onze moeder prevelde niet langer, je hoorde haar nu alleen met veel te lange tussenpozen reutelend ademen.

Toen het einde ten slotte kwam, sliepen Zoey en ik allebei. Ze wekte me in het afgematte grauwe licht van de vroege ochtend en we zaten lange tijd samen zwijgend, eerbiedig, bij de roerloze gestalte van onze moeder op het bed. We handelden de formaliteiten af, omhelsden elkaar bij het afscheid en gingen ieder ons weegs. Ik kwam thuis in mijn kleine flatje en er verstreken een paar dagen waarop ik alleen met mijn kat praatte. De uitvaart vond plaats gevolgd door meer verstilling. Ik moest een nieuwe baan zien te vinden, ik zat al een tijd zonder werk en mijn spaargeld vloog erdoorheen. Zo kwam het dat ik een maand na de uitvaart in het souterrain van een hotel in het kantoor van iemand van personeelszaken zat, een vrouw met blond haar die er vaag bekend uitzag, en me liet inhuren voor een functie die op papier 'hoteldetective' heette, maar waarvan de exacte invulling onduidelijk was.

'Als ik heel eerlijk ben,' zei ik tegen haar, 'is mij niet volledig duidelijk wat een functie als hoteldetective eigenlijk inhoudt.'

'Het gaat gewoon om hotelbeveiliging,' zei ze. Ik merkte dat ik haar naam vergeten was. Natalie? Natasha? 'De functiebenaming was niet mijn idee. Je zult niet echt als detective werken. Je bent er zeg maar alleen voor de beveiliging.'

'Even om zeker te gaan dat ik me hier niet anders wil voordoen dan ik ben,' zei ik, 'maar ik heb geen criminologiediploma, ik heb de opleiding een paar maanden voor het einde afgebroken.'

'Mag ik open kaart spelen, Gaspery?' Ze had absoluut iets vertrouwds.

'Alsjeblieft.'

'Het enige wat je moet doen is goed opletten wat er zoal gebeurt en als je iets verdachts ziet de politie bellen.'

'Dat kan ik wel.'

'Het klinkt alsof je twijfelt,' zei ze.

'Ik twijfel niet aan mezelf. Ik bedoel, ik betwijfel niet dat ik dat zou kunnen. Het is alleen, ik... zou niet iedereen dat kunnen doen?'

'Dat valt nog vies tegen. Wat het moeilijk maakt om een geschikte persoon te vinden is oplettendheid,' zei ze. 'Afleiding is over het algemeen een probleem. Weet je nog de test die je bij je eerste gesprek moest maken?'

'Ja.'

'Die was bedoeld om je concentratievermogen te meten. Je scoorde daar hoog op. Zeg het maar, ben je het eens met die uitslag? Ben je oplettend?'

'Ja,' zei ik. Dat zei ik met een tevreden gevoel, want ik had mezelf eigenlijk nooit op die manier gezien, maar nu ik het zei, bedacht ik dat ik al mijn hele leven heel oplettend was. Ik had het er bij veel dingen niet zo goed van afgebracht, maar ik had altijd goed kunnen observeren. Zo had ik ook ontdekt dat mijn ex verliefd was op een ander, gewoon door goed op te letten. Er waren geen duidelijke aanwijzingen, alleen een subtiele verandering in... maar de vrouw van personeelszaken praatte weer, dus sprong ik terug naar het heden.

'Wacht even,' zei ik. 'Ik ken jou.'

'Van vóór dit gesprek bedoel je?'

'Talia,' zei ik.

Er veranderde iets in haar gezicht. Een masker viel weg. Haar stem klonk anders toen ze weer sprak, rustiger, minder geamuseerd door het leven. 'Ik heet tegenwoordig Natalia, maar inderdaad.' Ze nam me even zwijgend op. 'Zaten we bij elkaar in de klas?'

'Eind van de doodlopende straat,' zei ik, en voor de eerste

keer in het gesprek schonk ze me een oprechte lach.

'Ik stond altijd uren bij de Periferieweg door het glas te kijken,' zei ze.

'Ben je ooit teruggegaan? Naar de Nachtstad?'

'Nooit,' zei ze.

3

Nooit naar de Nachtstad. Het zinnetje had een prettige cadans en nestelde zich daarom in mijn hoofd. Ik dacht het vaak de eerste weken op het werk, want het werk zelf was hopeloos saai. Het hotel had retropretenties, ik liep daarom rond in een pak van ouderwetse snit en met een eigenaardig gevormd hoofddeksel, een zogenaamde deukhoed. Ik liep de gangen af en stond op wacht in de foyer. Ik hield alles en iedereen in de gaten, zoals me opgedragen was. Naar andere mensen kijken heb ik altijd graag gedaan, maar mensen in hotels bleken verrassend saai te zijn. Ze checkten in en ze checkten uit. Ze doken op allerlei tijdstippen in de foyer op en bestelden koffie. Ze waren dronken of waren dat niet. Het waren zakenlieden of ze waren op vakantie met hun gezin. Ze waren moe en kapot van hun reis. Mensen probeerden honden mee naar binnen te smokkelen. In de eerste zes maanden hoefde ik maar één keer de politie te bellen, toen ik een vrouw hoorde gillen in een hotelkamer, en zelfs toen was ik niet degene die belde: ik belde de nachtmanager en die belde weer de politie. Ik was er niet bij toen ambulancemedewerkers de vrouw naar buiten droegen.

Het was een rustige baan. Mijn gedachten dwaalden af. *Nooit naar de Nachtstad.* Hoe was Talia's leven daar geweest? Duidelijk niet geweldig, dat kon iedere onbenul zien. Het ene gezin is het andere niet. Toen Talia en haar ouders wegverhuisden uit het huis van Olive Llewellyn, kwamen er andere mensen wonen, maar van hen kon ik me weinig meer herinneren dan een algehele indruk van verwaarlozing. In het hotel zag ik Talia af en toe als ze aan het eind van haar werkdag door de foyer liep.

Ik woonde indertijd in een niksig flatje in een huizenblok van allemaal niksige flatjes aan de buitenrand van Kolonie Een, dicht genoeg bij de periferie dat de koepel net niet het dak van het appartementencomplex raakte. Op donkere nachten stak ik soms de straat over naar de periferie om door het gelaagde glas naar Kolonie Twee te kijken die in de verte lag te glinsteren. Mijn leven was in die dagen even niksig en klein als mijn flatje. Ik probeerde niet te veel aan mijn moeder te denken. De dagen bracht ik slapend door. Eind van de middag maakte mijn kat me altijd wakker. Omstreeks zonsondergang at ik een maaltijd die je redelijkerwijs zowel avondeten als ontbijt kon noemen, trok mijn uniform aan en ging naar het hotel om zeven uur lang naar mensen te staren.

Toen ik een maand of zes bij het hotel werkte, werd mijn zus zevenendertig. Zoey was als natuurkundige verbonden aan de universiteit, haar vakgebied had iets te maken met quantumblockchaintechnologie, waar ik ondanks verschillende oprecht goedbedoelde pogingen van haar kant om het me uit te leggen nooit iets van had begrepen. Ik belde haar om haar te feliciteren met haar verjaardag en besefte net voordat ze opnam dat ik haar nooit had gefeliciteerd met haar vaste aanstelling. Die ze wanneer precies had gekregen? Een maand geleden? Ik voelde een vertrouwde variant van mijn vaste schuldgevoel.

‘Gefeliciteerd met je verjaardag,’ zei ik. ‘En ook verder gefeliciteerd.’

‘Dank je wel, Gaspery.’ Ze mopperde nooit als ik weer eens iets was vergeten en ik kon er niet precies de vinger op leggen waarom me dat zo'n rotgevoel bezorgde. Moeten aanvaarden dat het van je dierbaren een zekere geestelijke gulheid vereist om het met jou uit te houden, roept een specifiek soort lichte pijn op.

'Hoe voelt het?'

'Zevenendertig zijn?' Ze klonk moe.

'Nee, een vaste aanstelling hebben. Voelt het anders?'

'Het voelt als stabiliteit,' zei ze.

'En, nog verjaardagsplannen?'

Ze was even stil. 'Gaspery,' zei ze, 'zie je een mogelijkheid om vanavond langs te komen bij mij op het werk?'

'Natuurlijk,' zei ik. 'Natuurlijk.'

Wanneer had ze me ooit gevraagd bij haar op het werk te komen? Eén keer maar, jaren geleden, toen ze daar net werkte. De universiteit lag niet zo ver van mijn flatje, maar was ook een volkomen ander universum. Wanneer had ik haar eigenlijk voor het laatst gezien? Toch wel een paar maanden geleden, bedacht ik.

Ik meldde me ziek op het werk en ging een tijdje op de bank liggen om volop te genieten van mijn plotselinge vrijheid. Marvin, mijn kat, hees zich met heel zijn gewicht op mijn borst, waar hij zijn poten strekte en spinnend in slaap viel. De avond strekte zich voor me uit, al die schitterend lege uren die glansden van kansen. Ik verplaatste Marvin, nam een douche, trok leuke kleren aan en wipte op weg naar Zoey naar binnen bij een bakkerij waar ik vier cupcakes kocht; red velvet, naar ik hoopte nog steeds haar lievelingsgebak. Om zes uur 's avonds ging aan de overkant van de koepel de zon onder in een kleurenschouwspel van oranje en roze tinten. Ik woonde inmiddels een jaar in Kolonie Een en de koepelverlichting zag er voor mij nog steeds uit als een theatershow. Waren cupcakes genoeg? Moest ik bloemen kopen? Ik kocht een bescheiden geel boeket en stond om zeven uur bij de poort van het Tijdinstituut. Ik zette mijn donkere bril af voor de irisscan en zes irisscans later hield ik die bril nog steeds onhandig in mijn hand toen ik Zoey ijsberend in haar werkkamer aantrof. Ze zag er niet uit als een vrouw die haar verjaardag vierde. Ze nam mijn bloemen met een afwezig gebaar aan en aan de manier waarop ze ze op haar bureau legde, zag ik dat ze ze alweer vergeten was toen ze ze losliet. Ik vroeg me af of iemand het net met haar uitgemaakt had, maar Zoey's liefdesleven was altijd verboden terrein geweest.

'O, goddank,' zei ze, toen ik haar een cupcake aanbood. 'Ik ben helemaal vergeten te eten.'

'Je maakt een gespannen indruk.'

'Mag ik je iets laten zien?'

'Tuurlijk.'

Ze tikte op een onopvallend paneel op de muur en een filmbeeld vulde de halve werkkamer. Je zag een man op een podium te midden van allemaal vage logge oude toestellen, raadselachtige instrumenten. Boven zijn hoofd hing een ouderwets filmdoek, een witte rechthoek die in het schemerige licht leek te zweven. Het tafereel waarnaar we keken leek me behoorlijk oud.

'Ik kreeg dit toegestuurd door een vriendin,' zei Zoey. 'Ze werkt bij Kunstgeschiedenis.'

'Wie is dat? Die man in dat filmbeeld?'

'Paul James Smith. Een eenentwintigste-eeuwse componist en videokunstenaar.'

Ze drukte op play en de klanken van driehonderd jaar oude muziek in een vaag, veranderend genre vulden de kamer. Ambient, gokte ik. Ik wist niet veel van muziek, maar vond de compositie van deze man lichtelijk irritant.

'Oké,' zei ze, 'dan moet je nu op het witte doek boven hem letten.'

'Wat moet ik zien? Het is blanco.'

'Kijk maar.'

Het witte doek kwam tot leven. De video was gemaakt in

een bos op aarde. De kwaliteit was wat schokkerig, de persoon met de camera liep tijdens het filmen over een bospad richting een grote bladerrijke boom, een of andere aardesoort die in de koloniën niet groeide. De muziek stopte en de man keek omhoog naar het doek boven hem. Dat werd donker. Er klonk een vreemde kakofonie van geluiden – vioolklanken, het vage geroezemoes van een menigte, het hydraulische pfoefgeluid van een opstijgend luchtschip. Toen was het voorbij en was er weer bos en heel even was het beeld draaierig alsof de filmer vergeten was dat hij een camera in zijn hand hield. Het bos vervaagde geleidelijk, maar de muziek ging door.

'Nu moet je goed luisteren,' zei Zoey. 'Luister naar de manier waarop de muziek is veranderd. Hoor je dat de viooltonen uit de video in Smiths muziek zitten? Datzelfde motief, die reeks van vijf noten?'

Eerst hoorde ik het niet en toen wel. 'Ja. Waarom is dat belangrijk?'

'Omdat het betekent dat die... die eigenaardigheid, die hapering of wat dan ook onderdeel was van de voorstelling. Het is geen technisch probleem.' Ze zette de opname stil. Ze keek bezorgd op een manier die ik niet begreep. 'Het gaat nog door,' zei ze, 'maar de rest van de voorstelling is niet interessant.'

'Je hebt me gevraagd hier te komen om me dat te laten zien,' zei ik voor de zekerheid.

'Ik moest dit met iemand bespreken die ik vertrouw.' Ze pakte haar toestel op en ik hoorde het rinkeltje van mijn eigen toestel dat aangaf dat ik een document had ontvangen.

Ze had me een boek gestuurd: *Marienbad* van Olive Llewellyn.

'Mama's lievelingsboek,' zei ik. Ik moest aan onze moeder denken die bij het vallen van de avond op de veranda zat te lezen.

‘Heb je het gelezen, Gaspery?’
‘Ik ben niet zo’n lezer.’
‘Lees gewoon alleen het stuk dat ik heb gemarkeerd en vertel me of je iets opvalt.’
Het was desoriënterend om ergens midden in een boek te beginnen dat ik nooit had gelezen. Ik begon een paar alinea’s voor het gedeelte dat ze had gemarkeerd:

We zagen het aankomen.

We zagen het aankomen en troffen de nodige voorbereidingen, of dat zeiden we tenminste tegen onze kinderen – en onszelf – in de daaropvolgende decennia.

We zagen het aankomen, maar geloofden het niet helemaal, dus bereidden we ons op kleine, onopvallende manieren voor – ‘Waarom hebben we een hele plank vol vis in blik?’ vroeg Willis zijn man, die iets vaags mompelde over voorbereid zijn voor noodgevallen –

– Vanwege dat oeroude schrikbeeld, te gênant irrationeel om te zeggen: als je dat wat je vreest hardop benoemt, roep je het dan mogelijk over je af? Het is iets wat moeilijk toe te geven is, maar in die eerste weken deden we vaag over onze angsten omdat het woord ‘pandemie’ uitspreken de pandemie onze kant op zou kunnen sturen.

We zagen het aankomen en deden er luchtig over. We weerden de angst met nonchalante bravoure. Op de dag dat het nieuws over een cluster in Vancouver naar buiten kwam, drie dagen na de aankondiging van de Britse premier dat de oorspronkelijke uitbraak in Londen volledig onder controle was, vertrokken Willis en Dov ’s ochtends gewoon naar hun werk en gingen hun zoons Isaac en Sam naar school, waarna ze elkaar allemaal weer zagen bij het avondeten in hun lievelingsrestaurant, dat die avond druk bezocht was. (Achteraf gezien nogal een horrorfilm: de voorstelling van al die wolken onzichtbare pathogenen die door de lucht dreven, van tafel naar tafel zweefden, rondwervelden in het kielzog van langslopende obers.) 'Als het in Vancouver is, is het natuurlijk ook hier,' zei Dov tegen Willis. En Willis zei: 'Daar durf ik wel geld op te zetten,' en schonk Dov nog wat water in.

'Als wat in Vancouver is?' vroeg Isaac. Hij was negen.

'Niets,' zeiden ze in koor, en ze voelden zich absoluut niet schuldig want het voelde niet als een leugen. Pandemieën komen niet dichterbij zoals oorlogen, met de verre dreun van artillerie die met de dag luider klinkt en geflits van bommen aan de horizon. Ze arriveren in wezen *achteraf gezien*. Het is desoriënterend. De pandemie is ver weg en dan ineens, ogenschijnlijk zonder een tussenstap, overal om je heen.

Dov oefende zijn tekst voor de slaapkamerspiegel nadat het amateurtheater gesloten was: 'Is dit het eind der dagen?'

We zagen het aankomen maar gedroegen ons inconsequent. We hamsterden voorraden – voor het geval dat – maar stuurden onze kinderen naar school, want hoe krijg je nog werk gedaan als de kinderen thuis zijn?

(We dachten nog steeds in termen van werk gedaan krijgen. Het schokkendste was achteraf gezien de mate waarin we er allemaal volledig naast zaten.)

'God,' zei Willis een paar dagen voordat de scholen dichtgingen, maar nadat de nieuwsstroom op gang gekomen was, 'het voelt allemaal zo retro.'

'Wat je zegt,' zei Dov. Ze waren allebei veertigers, met andere woorden oud genoeg om zich Ebola x te herinneren, maar die vierenzestig weken durende lockdown was vervaagd tot een verre jeugdherinnering, een periode die akelig noch prettig was, maanden gevuld met tekenfilms en denkbeeldige vriendjes. Een verloren jaar kon je het niet noemen, want er waren ook leuke momenten geweest. Hun ouders waren bekwaam genoeg in hun rol dat ze hen afschermden van de verschrikkingen, waardoor het eenzaam was, maar niet ondraaglijk. Er waren veel ijsjes en ze kregen extra schermtijd. Ze waren blij toen het voorbij was, maar een paar jaar later dachten ze er niet vaak meer aan.

'Wat betekent "retro"?' vroeg Sam.

Willis wierp een blik op zijn jongere zoon en dacht toen wel dat school misschien niet zo'n geweldig idee was, een gedachte waar hij zich later aan vastklampte. De oude wereld was alleen nog net niet helemaal verdwenen, dus de volgende ochtend pakte hij de lunchtrommeltjes van Sam en Isaac in, leverde de kinderen af op school, liep weer het heldere zonlicht in en stapte op een transporteur naar de luchtschipterminal. Gewoon een doodgewone ochtend onder een onschuldig blauwe hemel.

Op de luchtschipterminal bleef hij staan om naar een straatmuzikant te luisteren, een violist die in een van de galmende toegangstunnels voor wat kleingeld stond te spelen. Het was een oude man die met gesloten ogen speelde terwijl een hoed aan zijn voeten langzaam vol raakte met muntgeld. Hij bespeelde een oud uitziende viool – het instrument leek gemaakt van echt hout – en Willis was weliswaar allerminst een deskundige op akoestisch vlak, maar had de indruk dat er een warm soort geluid in zat. Willis stond naar de muziek te luisteren, zoals die opsteeg over het geroezemoes van de ochtendlijke forenzenstroom en toen...

– een gitzwarte flits, als een zonsverduistering –

– een vluchtige hallucinatie van bos, frisse lucht, om hem heen hoge bomen, een zomerse dag –

– en toen stond hij weer in de luchtschipterminal van Oklahoma City, in het koude wit van de westelijke toegangstunnel, knipperend met zijn ogen en gedesoriënteerd. *Ik raakte even ergens door bevangen*, dacht hij, maar dat was geen toereikende verklaring, want wát had hem zo-even bevangen? Die gitzwarte flits, daarna het bos dat om hem heen oprees, wat was dat?

Ineens wist hij het: leven na de dood.

Het donker was de dood, zei hij tegen zichzelf. Het bos het leven erna.

Willis geloofde niet in een werkelijk leven na de dood, maar wel in het onbewuste, hij geloofde in weten zonder bewust te weten en bijna gedachteloos liep hij de verkeerde kant op, weg van zijn aansluiting. Hij wist pas waar hij heen ging toen hij voor de deur van de school van zijn zoons stond.

'Maar waarom haal je je zoons van school?' vroeg de rector. 'Ik volg het nieuws op de voet, Willis, er is alleen maar sprake van dat clustertje gevallen in Vancouver.'

Ik sloot het bestand en stak mijn toestel in mijn zak. Ik was van slag op een manier die ik niet kon verklaren.

'Zie je het?' vroeg Zoey. 'Hoe het filmpje die passage in het boek spiegelt?'

Ik zag de overeenkomst. Iemand in de eenentwintigste eeuw wordt in een bos overvallen door een gitzwarte flits en hoort de geluiden van een luchtschipterminal twee eeuwen later. Iemand in de drieëntwintigste eeuw wordt in een luchtschipterminal overvallen door een gitzwarte flits en heeft het overweldigende gevoel dat hij in een bos staat.

'Misschien heeft ze dat filmpje gezien,' zei ik. 'Olive Llewellyn bedoel ik. Misschien heeft ze het gezien en het vervolgens in haar verhaal verwerkt.' Ik vond het nogal slim bedacht van mezelf.

'Dat had ik ook al bedacht,' zei Zoey. Natuurlijk had je dat, dacht ik stilletjes. Dat was een groot verschil tussen ons: Zoey dacht altijd aan alles. 'Maar er is nog iets. Mijn team is de afgelopen maand bezig geweest het gebied waar de componist is opgegroeid te onderzoeken. Vanmiddag vonden we een brief.' Ze scrolde door bestanden, maar haar projectie stond in de privacymodus waardoor het er voor mij uitzag alsof ze haar hand door wolken bewoog. 'Kijk,' zei ze.

In de lucht tussen ons werd een projectie zichtbaar. Het was een handgeschreven document in een vreemd alfabet.

'Wat is dat?'

'Volgens mij mogelijk ondersteunend bewijs. Het is een brief,' zei ze. 'Uit 1912.'

'Wat is dat voor alfabet?' vroeg ik.

'Serieus?'

'Hoezo, moet ik het soms kunnen lezen?' Ik tuurde er nog eens naar en herkende een woord. Nee, twee. Het was bijna Engels, maar vervormd en vooroverhellend. Het had een zekere schoonheid, maar de letters waren verwrongen. Een soort proto-Engels?

'Dat is lopend handschrift, Gaspery,' zei ze.

'Ik weet niet wat dat is.'

'Oké,' zei ze met dat gekmakende geduld van haar dat ik inmiddels zo goed kende. 'Ik schakel even om naar audio.'

Ze schoof met haar vingers in de wolken en een mannenstem vulde de ruimte.

Bert,
Dank je wel voor je aardige brief van 25 april, die in slakkentempo eerst de Atlantische Oceaan en toen Canada is overgestoken om vanavond pas in mijn handen te belanden.

Je vraagt hoe het met me gaat. Het eerlijke antwoord, beste broer, is dat ik het niet zeker weet. Ik schrijf je bij kaarslicht vanuit een kamer in Victoria; je vergeeft me hoop ik het vleugje melodrama, maar naar mijn gevoel heb ik het verdiend. Ik heb mijn intrek genomen in een prettig pension. Alle plannen hier zakelijk voet aan de grond te krijgen heb ik laten varen, ik wil alleen maar terug naar huis, maar dit is een gerieflijk ballingschap en mijn toelage volstaat om in mijn dagelijkse behoeften te voorzien.

Ik beleef hier zeer vreemde tijden. Nee, zo is het niet helemaal. Ik beleef hier nogal saaie tijden – mijn schuld, niet Canada's – afgezien van een vreemd voorval in de wildernis, dat ik zal trachten te beschrijven. Ik ben met een oude schoolvriend van Niall, Thomas Maillot, wiens achternaam ik wellicht verkeerd spel, van Victoria naar het noorden gereisd. We voeren twee à drie dagen op een fraai stoombootje, dat zwaar beladen was met voorraden, noordwaarts langs de kust tot we ten slotte aanlegden bij Caiette, een dorp dat bestaat uit een kerk, een steiger, een schooltje en een handjevol huizen. Thomas trok verder naar een houthakkerskamp, nog iets noordelijker langs de kust. Ik besloot vooralsnog in het pension in Caiette te blijven, teneinde te genieten van de schoonheid van dit oord.

Vroeg in september liep ik op een morgen het bos in, om redenen die te langdradig zijn om er hier over uit te weiden. Na enkele stappen bereikte ik een esdoorn, waar ik even bleef staan om op adem te komen. Toen deed zich een voorval voor dat me indertijd voorkwam als een soort bovennatuurlijke gebeurtenis, maar waarvan ik terugkijkend denk dat het een soort zenuwtoeval geweest zou kunnen zijn.

Ik stond in het bos in het zonlicht en plotseling was het stikdonker, even abrupt als wanneer in een kamer een kaars wordt gedoofd, en in dat donker hoorde ik vioolklanken rondzingen, een raadselachtig geluid. Dat alles ging gepaard met de vreemde gewaarwording dat ik even ergens binnen was, in een of andere grote galmende ruimte als een treinstation. Toen was het voorbij en stond ik in het bos. Het was alsof er niets was gebeurd. Ik wankelde terug naar het strand en moest hevig overgeven op de stenen. Uit bezorgdheid om mijn welzijn en vastbesloten dit oord te verlaten en terug te keren naar in elk geval een idee van beschaving aanvaardde ik de volgende ochtend de terugreis naar het stadje Victoria, alwaar ik nu verblijf.

Ik heb een mooie kamer in een pension bij de haven en vermaak me met wandelen, lezen, schaken en incidenteel wat aquarelleren. Zoals je weet ben ik altijd al dol op tuinen geweest en er is hier een park waar ik veel vertroosting heb gevonden. Ik wil niemand ongerust maken, maar heb wel een arts geraadpleegd, wiens stellige diagnose luidt dat het een migraineaanval betrof. Een eigenaardig soort migraine, dunkt me, zo zonder enige pijn in het hoofd, maar ik zal het maar aannemen in plaats van een alternatieve verklaring. Ik kan het echter niet vergeten en de herinnering maakt me onrustig.

Ik hoop dat je wel vaart, Bert. Breng alsjeblieft mijn genegenheid en respect over aan moeder en ook aan vader.

Van harte de jouwe!
Edwin

Het geluid stopte. Zoey swipete de projectie de muur in en kwam naast me zitten. Ze had een zwaarmoedigheid over zich die ik nooit eerder bij haar had gezien.

'Zoey,' zei ik, 'je lijkt meer aangedaan dan... Ik begrijp het geloof ik niet helemaal.'

'Welk besturingssysteem gebruik jij op je toestel?' vroeg ze.

'Zephyr,' zei ik.

'Ik ook. Weet je nog die gekke Zephyr-bug een paar jaar geleden? Het duurde maar een paar dagen, maar als je op je toestel een tekstbestand opende, hoorde je soms ineens de muziek waarnaar je als laatste had geluisterd.'

'Klopt. Dat was irritant.' Ik herinnerde het me slechts vagelijk.

'Het was bestandsverminking.'

Ik bespeurde iets groots en gruwelijks, wat net buiten mijn waarneming zweefde.

'En dat is...'

Zoey steunde met haar ellebogen op tafel en toen ze begon te praten, legde ze haar voorhoofd in haar handen.

'Als momenten uit verschillende eeuwen in elkaar overlopen, dan, hoe zal ik het zeggen... Je kunt die momenten op verschillende manieren zien, Gaspery, en een daarvan is als verminkte bestanden.'

'Hoe kan een moment hetzelfde zijn als een bestand?'

Ze bleef roerloos zitten. 'Probeer het je gewoon voor te stellen.'

Ik probeerde het. Een stel verminkte bestanden, een stel verminkte momenten, een stel afzonderlijke zaken die in elkaar overliepen waar ze dat niet zouden moeten doen.

'Maar als momenten bestanden zijn...' Ik kon mijn zin niet afmaken. De kamer waarin we ons bevonden leek veel minder echt dan zo-even. Het bureau is echt, zei ik tegen mezelf. De verlepte bloemen op het bureau zijn echt. De blauwe verf op de muur. Zoey's haar. Mijn handen. De vloerbedekking.

'Nu begrijp je dus waarom ik niet ergens mijn verjaardag zit te vieren,' zei ze.

'Het is alleen... luister, ik ben het met je eens dat het raar is, maar we hebben het over die dingen waar mama het over had, toch? Met die simulatie?'

Ze slaakte een zucht. 'Geloof me, daar heb ik ook aan gedacht. Het kan heel goed zijn dat ik dit niet helder zie. Je weet dat zij de reden is dat ik wetenschapper ben geworden.'

Ik knikte.

'En weet je,' vervolgde ze, 'ik weet dat het allemaal indirecte aanwijzingen zijn, ik ben niet gek. Het zijn gewoon een stel beschrijvingen van een of ander bizarre ervaring. Maar het is allemaal zó toevallig, Gaspery, de wijze waarop die momenten in elkaar lijken over te lopen. Ik kan dat alleen maar als een soort bewijs zien.'

4

Stel dat we in een simulatie leefden, hoe zouden we dat dan kunnen weten? Ik nam om drie uur 's ochtends de trolley naar huis. In het warme licht van het bewegende voertuig sloot ik mijn ogen en registreerde vol bewondering alle details. Het zachte trillen van de trolley op zijn kussen van lucht. De geluiden: het nauwelijks waarneembare gefluister van beweging, de zachte gesprekken hier en daar in het voertuig, de blikkerige tonen van een kinderspel die ergens uit een toestel ontsnapten. We leven in een simulatie, zei ik tegen mezelf om het idee te toetsen. Maar het leek me nog steeds onwaarschijnlijk want ik kon de gele rozen ruiken die de vrouw naast me behoedzaam met twee handen vasthield. We leven in een simulatie, maar ik heb trek en moet ik dan geloven dat dat ook een simulatie is?

'Ik zeg niet dat al die dingen samen op een of andere manier ondubbelzinnig aantonen dat we in een simulatie leven,' had Zoey een uur geleden op haar werkkamer gezegd. 'Wat ik zeg is dat er voldoende aanwijzingen zijn om een onderzoek te rechtvaardigen.'

Hoe onderzoek je de realiteit? Mijn honger is een simulatie, zei ik tegen mezelf, maar ik had zin in een cheeseburger. Cheeseburgers zijn een simulatie. Rundvlees is een simulatie. (Dat was trouwens letterlijk waar. Zowel op aarde als in de koloniën werd je gearresteerd als je een dier doodde voor voedsel.) Ik opende mijn ogen en dacht: de rozen zijn een simulatie. De rozengeur is een simulatie.

'Hoe pak je zo'n onderzoek aan?' had ik gevraagd.

'Volgens mij moet je die verschillende momenten bezoeken,' zei Zoey. 'Je wilt de briefschrijver in 1912 spreken, de videokunstenaar in 2019 of 2020 en de schrijfster in 2203.'

Ik herinnerde me de nieuwsberichten toen tijdreizen uitgevonden was en vervolgens onmiddellijk weer verboden werd buiten overheidsgebouwen. Ik herinnerde me een hoofdstuk uit een leerboek criminologie dat gewijd was aan de bijna vernietigende nachtmerrie van de zogenaamde Rooslus, toen de geschiedenis zevenentwintig keer was veranderd voordat een op eigen houtje opererende reiziger uitgeschakeld was en de schade die hij had aangericht ongedaan gemaakt was. Ik wist dat honderdeenenveertig van de tweehonderdvijf mensen die op de maan levenslang uitzaten veroordeeld waren voor poging tot tijdreizen. Het maakte niet uit of dat daadwerkelijk gelukt was, de poging alleen was genoeg voor een levenslange veroordeling.

'Ik weet niet precies waarom je zo geschokt kijkt, Gaspery,' zei Zoey. 'Wat staat er op het bord op het gebouw?'

'Tijdinstituut,' zei ik.

Ze keek me aan.

'Ik dacht dat je een natuurkundige was,' zei ik.

'Nou ja... dat ben ik ook,' zei ze. In de korte stilte die ze inlaste zat een kloof ter grootte van het zonnestelsel die al haar kennis en verworvenheden omvatte. Ik hoorde de bekende minzaamheid, had dat vertrouwde gevoel dat ze me met toegeeflijkheid behandelde. We kunnen niet allemaal genieën zijn, wilde ik zeggen, maar dat gesprek hadden we als pubers al eens gehad en dat was toen niet zo best gegaan, dus ik zweeg.

We leven in een simulatie, zei ik tegen mezelf toen de trolley een blok voor mijn flat stopte, maar dit beantwoordde dermate niet aan, nou ja, aan de realiteit, bij gebrek aan een beter woord. Ik kon mezelf niet overtuigen. Ik geloofde het niet. Ik wierp een blik op mijn horloge; over twee minuten viel er een voorgeprogrammeerde regenbui. Ik stapte uit en begon opzettelijk heel langzaam te lopen. Ik heb altijd al van regen gehouden en weten dat die niet uit wolken komt doet daar niets aan af.

5

In de daaropvolgende weken probeerde ik weer te wennen aan het ritme van mijn leven. Ik stond om vijf uur 's middags op, bereidde een maaltijd en luisterde daarbij naar muziek, gaf mijn kat te eten, ging te voet of met de trolley naar mijn werk. Om een uur of zeven was ik in het hotel en mijmerde vanachter mijn donkere bril (de meeste medewerkers droegen geen donkere bril, maar als lichtgevoelige oorspronkelijke Nachtstad-bewoner had ik hiervoor speciale toestemming van personeelszaken) over alle dingen om me heen die mogelijk niet echt waren. Het steen van de vloertegels. De stof van mijn kleren. Mijn handen. Mijn bril. De voetstappen van een vrouw die de foyer door liep.

'Goedenavond, Gaspery,' zei de vrouw.

'Talia. Hoi.'

'Je stond zeer geconcentreerd naar de foyervloer te kijken.'

'Mag ik je een gekke vraag stellen?'

'Alsjeblieft,' zei ze. 'Ik heb een saaie dag achter de rug.'

'Betrap je jezelf er weleens op dat je over de simulatiehypothese nadenkt?' Het leek de moeite van het vragen waard. Ik kon aan niets anders denken.

Ze trok haar wenkbrauwen op. 'Het idee dat we misschien in een simulatie leven? Ik heb er een paar maanden geleden een artikel over gelezen.'

'Ja.'

'Eerlijk gezegd wel. Ik heb daar weleens over nagedacht. Ik geloof niet dat we in een simulatie leven.' Talia keek langs me heen naar buiten. 'Ik weet het niet, het is misschien een beetje naïef van me, maar ik heb het gevoel dat een simulatie beter zou moeten zijn. Ik bedoel, als je de moeite neemt om bijvoorbeeld die straat te simuleren, zou je er dan niet voor zorgen dat alle straatlantaarns werken?'

De lantaarn aan de overkant van de straat knipperde al een aantal weken.

'Maar goed,' zei Talia, 'fijne avond nog.'

'Fijne avond.' Ik wijdde me weer aan mijn exercitie van alles opmerken en tegen mezelf zeggen dat niets wat ik zag echt was, maar nu was ik afgeleid door het punt dat ze had gemaakt. Waar niemand het in die dagen over had was de sjofelheid van de maankoloniën. Ik denk dat we ons er allemaal een beetje voor schaamden.

'Ja, je kunt denk ik wel stellen dat de glans eraf is,' zei Zoey, toen ik haar later die nacht zag. Mijn dienst zat er om twee uur op en ik had haar gebeld met de vraag of ik langs mocht komen. Ik wist dat ze nog wakker zou zijn, ze had zich evenmin ooit volledig losgemaakt van de Nachtstad en bleef net als ik bij voorkeur de hele nacht op. Ze had een paar dagen vrij, dus pakte ik de trolley naar haar flat. Ik was er maar een paar keer geweest en was vergeten hoe donker het er was. Ze had de muren een diepdonkere grijstint geverfd. Ze had een verzameling ouderwetse papieren boeken, vooral over geschiedenis, en aan de muur hing een ingelijst schilderij dat we samen hadden gemaakt toen we nog jong waren. Het ontroerde me. We waren toen vier en zes, ergens daaromtrent, en hadden onszelf geschilderd: een jongetje en een meisje hand in hand onder een uitbundig gekleurde boom.

'Waar is de glans gebleven?' vroeg ik. Ze had een stevig glas whisky voor me ingeschonken, waarvan ik heel langzaam nipte, want ik heb nooit goed tegen alcohol gekund.

Zelf zat ze al aan haar tweede glas.

'In de nieuwere koloniën, zou ik denken. Titan. Europa. De Verre Koloniën.' We zaten aan haar keukentafel. Ze woonde tegenover het Tijdinstituut, wat ik met mijn verstand wist, maar waar ik nooit echt bij stilgestaan had. Wat had Zoey eigenlijk? Ze had een zeer hechte band gehad met onze moeder; sinds haar dood had Zoey vooral haar werk. Haar werk en verder ogenschijnlijk vrijwel niets, maar moest je mij horen. Ik leunde achterover in mijn stoel en keek over de daken van het Tijdinstituut naar de verlichte torens ver weg. Zou ik naar de Verre Koloniën kunnen emigreren? Een fantastische gedachte, die natuurlijk meteen de volgende gedachte opriep: als we in een simulatie leven, zijn de Verre Koloniën ook niet echt.

'Wat is er met hen gebeurd?' vroeg ik. 'Met de briefschrijver uit de twintigste eeuw, Edwin nog wat? En met Olive Llewellyn?'

Zoey had op een of andere manier haar tweede glas alweer leeggedronken, ik was nog halverwege mijn eerste, en ze schonk zichzelf voor een derde keer in.

'De briefschrijver vertrok naar het front, keerde als een gebroken man terug naar Engeland en overleed in een krankzinnigengesticht. Olive Llewellyn stierf op aarde. Ze was op signeertournee toen er een pandemie uitbrak.'

'Ben je al gestart met je onderzoek, Zoey?' vroeg ik.

'Min of meer. Er zijn voorbesprekingen gaande. De bureaucratie rond reizen is ongekend.'

'Mag jij dan... Ben jij dan degene die gaat reizen?'

'Een paar jaar geleden was ik bijna vertrokken bij het Tijdinstituut,' zei ze. 'Ik stemde ermee in te blijven op voorwaarde dat ik nooit meer zou hoeven reizen.'

'Je bent door de tíjd gereisd,' zei ik. Mijn ontzag voor mijn zus was op dat moment grenzeloos. 'Waar ben je geweest?'

'Ik mag er niet over praten.' Haar gezicht stond grimmig.

'Kun je me dan wel vertellen waarom je het niet meer wil doen? Ik zou denken dat het...'

'Je zou denken dat het interessant is,' zei ze. 'Dat is het ook. In het begin is het fascinerend. Het is een doorgang naar een andere wereld.'

'Precies, zo stelde ik het me voor.'

'Maar weet je Gaspery, voordat je vertrekt ben je zo'n twee jaar bezig met onderzoek. Als je naar een bepaald tijdstip reist, zul je daar zijn om iets specifieks te onderzoeken. Voorafgaand verdiep je je in iedereen die je verwacht tegen te komen. Op het Tijdinstituut zijn er mensen, honderden medewerkers, die niets anders doen dan allang overleden mensen onderzoeken om dossiers samen te stellen voor reizigers. Jouw taak is het om die dossiers zo grondig te bestuderen dat je alles wat erin staat uit je hoofd kent.' Ze zweeg om een slokje te nemen. 'Stel je eens het volgende tafereel voor, Gaspery. Je voegt je ergens op een tijdstip in een grijs verleden bij een gezelschap en weet precies hoe en wanneer iedereen om je heen zal sterven.'

'Best griezelig,' zei ik.

'En sommigen, Gaspery, zullen sterven op een manier die heel goed te voorkomen zou zijn. Je staat bijvoorbeeld met een vrouw te praten, stel dat ze kleine kinderen heeft, en je weet dat ze de dinsdag erop tijdens een picknick zal verdrinken. En omdat je niet met de tijdlijn mag rommelen, mag je absoluut niet tegen haar zeggen: "Ga volgende week niet zwemmen." Je moet haar laten doodgaan.'

'Je mag haar niet uit het water trekken.'

'Precies.'

Ik wist even niet wat ik moest zeggen, keek uit het raam naar de daken en torens en vroeg me af of iemand laten doodgaan omwille van de tijdlijn iets was wat ik zou kunnen. Zoey dronk zwijgend.

'Het is werk dat een bijna onmenselijke mate van distantie

vereist,' zei ze toen. 'Zei ik bíjna? Niet bíjna onmenselijk, wérkelijk onmenselijk.'

'Dus iemand zal door de tijd moeten reizen om dit te onderzoeken,' zei ik, 'maar niet jij.'

'Het zullen verschillende mensen zijn, maar ik weet niet wie. Het is niet bepaald een populaire klus.'

'Laat mij gaan,' zei ik. Want wat ik op dat moment dacht, was dat de theoretische vrouw die komende dinsdag zou verdrinken toch wel zou verdrinken.

Ze keek me verrast aan. Op haar wangen stonden twee roze vlekken, maar verder leek ze volkomen nuchter.

'Geen sprake van.'

'Hoezo niet?'

'Ten eerste omdat het een afschuwelijk gevaarlijke klus is. Ten tweede omdat je niet gekwalificeerd bent.'

'Welke achtergrond moet je hebben om terug te reizen in de tijd en met mensen te praten? Daar komt het op neer, toch? Ik bedoel, wat zijn de kwalificatie-eisen?'

'Het begint met een hele batterij aan psychologische tests gevolgd door een jaren durende opleiding.'

'Dat zou ik best kunnen,' zei ik. 'Ik zou weer kunnen gaan studeren, ik zou alle nodige trainingen kunnen doorlopen. Je weet dat ik bijna mijn criminologiediploma heb gehaald. Ik weet hoe je mensen verhoort.'

Ze zei niets.

'Je wilt het in kleine kring houden, toch?' zei ik. 'Stel je de paniek voor als bekend werd dat we in een simulatie leven.'

'We weten niet of we in een simulatie leven en ik weet niet of paniek helemaal het goede woord is. Eerder terminale ennui.'

Ik besloot 'ennui' later op te zoeken. Je hebt van die woorden die je je hele leven tegenkomt zonder te weten wat ze betekenen.

'Zoey,' zei ik, 'ik doe niets met mijn leven.'

‘Zeg dat nou niet,’ zei ze iets te snel.

‘Dit is alleen... deze situatie,’ zei ik, ‘deze kwestie, wat het ook is, deze mogelijkheid denk ik... Ik ben misschien wel mijn hele leven nog nooit zo geïnteresseerd in iets geweest.’

‘Zoek dan een hobby, Gaspery. Ga kalligraferen of boogschieten of iets.’

‘Zoey, alsjeblieft, wil je er ten minste over nadenken? Praten met de mensen die daarover gaan? Willen jullie kijken of ik in aanmerking kom? Als we het over tijdreizen hebben, is er tenslotte niet echt haast bij. Ik zou tijd hebben om me voor te bereiden, ik kan alles doen wat jullie willen, weer studeren, psychologische training, alles...’ Ik merkte dat ik maar doorkletste en hield mijn mond.

‘Nee,’ zei ze. ‘Absoluut niet.’ Ze dronk haar glas leeg. ‘Als ik zeg dat het gevaarlijk werk is, Gaspery, bedoel ik dat ik niet zou willen dat iemand van wie ik hou het doet.’

6

Ik zag Zoey pas drie weken later weer. Als ik haar belde kreeg ik een afwezigheidsbericht. Ik ging naar mijn werk, ging weer naar huis, ijsbeerde door mijn flatje en praatte tegen de kat. Op een dag dat ik vrij was, sprak ik ten slotte haar voicemail in om te zeggen dat ik langs zou komen. Ze reageerde niet, maar aan het eind van de middag pakte ik de trolley naar het Tijdinstituut. Ze had me verteld hoe haar werkrooster eruitzag. Ik wist dat ze er zou zijn. Ik zag de bleke straten voorbijtrekken, de oude stenen gebouwen met de ontbrekende stukken metselwerk en de bouwvallige illegale onderkomens die er dicht tegenaan opgetrokken waren; het was de invloed van de Nachtstad die naar binnen sijpelde, een vleugje wanorde die ik verfrissend vond. Plotseling had ik het vreemde, wilde idee dat ze misschien wel dood was. Ze werkte te hard en ze dronk te veel. In dat eerste jaar na de dood van onze moeder zwalkten mijn gedachten vaak richting rampspoed.

Voor het Tijdinstituut, een immens wit stenen bouwwerk, bleef ik staan en belde haar nog een keer. Geen gehoor. Het was een uur of zes. Er kwamen wat mensen het gebouw uitlopen, alleen of met zijn tweeën. Ik bekeek de gezichten en vroeg me af hoe het was om een baan te hebben waarbij ook echt iets op het spel stond en toen was een van de gezichten dat van Ephrem.

'Eph,' zei ik.

Hij keek verrast op.

'Gaspery! Wat doe jij hier?'

Ik had op de uitvaart van mijn moeder kort met Ephrem gepraat, maar had slechts wazige herinneringen aan die dag. We hadden elkaar niet meer uitgebreid gesproken sinds dat laatste etentje bij hem thuis, inmiddels een jaar geleden. Misschien kwam het door de koepelverlichting, die in een ruwe benadering van de schemering op aarde geleidelijk afnam en tegelijk zilverachtiger werd, maar Ephrem zag er ouder uit dan ik me hem herinnerde, ouder en zorgelijker.

'Dat wilde ik jou net vragen,' zei ik. 'Wat doet een boomspecialist op het Tijdinstituut?' Hij aarzelde en op dat moment begreep ik hoe het zat. Er was iets wat hij me niet wilde vertellen en er was iets wat ik niet hoorde te weten. 'Je werkt hier, hè?'

Hij knikte. 'Klopt. Al een tijdje.'

'Ben je dan ook op de hoogte van het project waar Zoey mee bezig is? Dat met die simulatie?'

'Alsjeblieft, Gaspery, zeg daar in godsnaam verder niets over.' Ephrem glimlachte, maar ik kon zien dat hij het meende. 'We hebben elkaar lang niet gezien. Zin in thee?'

'Heel graag.'

'Kom, dan gaan we naar mijn werkkamer,' zei hij. 'Ik laat thee voor ons brengen.'

We liepen samen zwijgend het atrium door, langs Beveiliging, een lift in en door verschillende witte gangen die er voor mij allemaal gelijk uitzagen, een doolhof van blanco deuren en ondoorzichtig glas.

'Hier is het,' zei hij.

Zijn werkkamer zag er net zo uit als die van Zoey, behalve dat bij hem een bonsaiboompje voor het raam stond. Op tafel stond een theeblad klaar, met drie kopjes. Ik kende Ephrem al mijn halve leven, maar had ik ooit echt naar zijn werk geïnformeerd? Hij had me verteld dat hij een boomspecialist was, ik had hem weleens wat over een boom gevraagd, maar kennelijk wist ik veel minder over mijn vriend dan ik dacht. Zijn kamer lag op een hoge verdieping en de torens van Kolonie Een strekten zich uit zover het oog reikte. In de verte zag ik het Grand Luna Hotel.

'Hoelang werk je hier al?' vroeg ik.

'Een jaar of tien.' Hij schonk thee in, maar hield even peinzend in. 'Nee, zeven jaar. Het voelt alleen als tien.'

'Ik dacht dat je een boomspecialist was.'

'Eerlijk gezegd mis ik dat werk. Ik ben bang dat bomen nu alleen maar een hobby zijn. Ga zitten.'

Ik nam plaats aan zijn vergadertafel, exact dezelfde als die van Zoey, en werd overmand door de vreemdheid van dit moment, het desoriënterende gevoel dat de ene werkelijkheid wegglipte en plaatsmaakte voor een andere. Maar ik ken je al jaren, wilde ik zeggen, en je bent een boomspecialist, geen manager bij het Tijdinstituut. We hebben samen eindexamen gedaan.

'Waren bomen makkelijker?' vroeg ik.

'Dan mijn huidige baan? Ja. Zeer zeker.' Zijn toestel trilde. Hij wierp een blik op het scherm en kromp ineen.

'Waarom heb je me niet verteld dat je hier werkt?'

'Het is gewoon... het is ongemakkelijk,' zei hij. 'En met ongemakkelijk bedoel ik geheim. Het punt is dat ik niet echt over mijn werk mag praten, daarom heb ik het er liever niet over.'

'Het is vast apart om iets geheims te doen,' zei ik. Met 'apart' bedoelde ik geweldig.

'Ik probeer er niet over te liegen. Als je me had gevraagd waar ik werk, zou ik hebben gezegd dat ik klussen doe voor het Tijdinstituut en jou hebben laten denken dat het op een of andere manier met bomen te maken had.'

'Oké,' zei ik. De stilte breidde zich om ons uit. Ik wist

niet hoe ik moest vragen om wat ik wilde. Laat mij voor je werken, laat me binnen, laat me deel zijn van wat het ook is dat jullie hier doen. 'Ephrem,' begon ik, maar op dat moment ging de deur open en kwam Zoey binnen. Ze had een gezicht opgezet dat ik niet meer had gezien sinds we jong waren. Zoey was woest. Ze ging tegenover me zitten, negeerde haar thee en keek me recht aan tot ik wel weg moest kijken.

'Bij staarwedstrijden met mijn zus leg ik het al sinds mijn vijfde altijd af,' zei ik tegen Ephrem. 'Of misschien vierde.' Hij schonk me een flauw lachje. Niemand zei iets. Mijn blik dwaalde weer af naar het bonsaiboompje.

Eindelijk schraapte Ephrem goddank zijn keel.

'Luister,' zei hij. 'Niemand heeft hier iets gedaan wat niet mag. Toen Zoey het met jou over de anomalie had, Gaspery, was het project nog niet als geheim aangemerkt.'

Zoey keek naar haar thee.

'Dat betekent natuurlijk niet dat je alles wat ze je heeft verteld buiten voor het Tijdinstituut kunt rondbazuinen,' zei Ephrem.

'Het spijt me,' zei ik. 'Mag ik wat vragen, Ephrem? Is het echt?'

'Hoe bedoel je?'

'De dingen waarover Zoey me vertelde leken een soort patroon te vormen, maar weet je, het was iets van onze moeder,' zei ik. 'Die simulatiehypothese.'

'Ik herinner me dat ze het erover had,' zei hij vriendelijk.

'Als je iemand verliest ben je geloof ik geneigd verbanden te zien waar die er niet zijn.'

Ephrem knikte. 'Dat denk ik ook. Ik weet niet of er echt iets is,' zei hij. 'Maar ik had niet die hechte band met jullie moeder, waardoor ik een meer neutrale partij ben in deze kwestie en volgens mij is er genoeg om een onderzoek te rechtvaardigen.'

'Kan ik iets doen?' vroeg ik.

'Néé,' mompelde Zoey nauwelijks hoorbaar.

'Zoey zei al dat je hier wilt werken.' Het viel me op dat Ephrem heel erg zijn best deed om Zoey niet aan te kijken.

'Ja,' zei ik, 'dat zou ik graag doen.'

'Gáspery,' zei Zoey.

'Waarom wil je hier werken?' vroeg Ephrem.

'Omdat het interessant is,' zei ik. 'Ik ben hierin meer geïnteresseerd dan... nou ja, dan in alles wat ik me kan herinneren, als ik heel eerlijk ben. Ik hoop dat ik nu niet al te wanhopig klink.'

'Helemaal niet,' zei Ephrem. 'Het klinkt juist alsof je echt geïnteresseerd bent. Dat zijn we allemaal, anders waren we hier niet. Weet je wat we hier doen?'

'Niet echt,' zei ik.

'We bewaken de integriteit van onze tijdlijn,' zei hij. 'We onderzoeken anomalieën.'

'Zijn er ook andere geweest?'

'Meestal blijkt dat het niets is,' zei Ephrem. 'Mijn eerste casus aan het Tijdinstituut betrof een dubbelganger. Volgens onze beste gezichtsherkenningssoftware dook in foto's en filmbeelden uit 1925 en 2093 een en dezelfde vrouw op. Het lukte me om DNA te verzamelen en vast te stellen dat het om twee verschillende vrouwen ging.'

'Je zei "meestal",' zei ik.

'Het is een paar keer voorgekomen dat we niet tot een eenduidige conclusie konden komen,' zei Ephrem. Ik zag dat hem dat dwarszat.

'Zoeken jullie iets in het bijzonder?' vroeg ik.

'We zijn op de uitkijk naar verschillende zaken.' Hij zweeg even. 'Het aspect van ons werk dat samenhangt met anomalieën,' zei hij, 'is een voortdurend onderzoek naar de vraag of we in een simulatie leven.'

'Denk jij dat dat het geval is?'

'Er is een groep,' zei hij behoedzaam, 'waartoe ik ook behoor, die gelooft dat tijdreizen beter functioneert dan het zou moeten.'

'Hoe bedoel je?'

'Ik bedoel dat er minder herhaallussen zijn dan je redelijkerwijs mag verwachten. Ik bedoel dat we de tijdlijn soms veranderen en de tijdlijn zich vervolgens zélf lijkt te herstellen, op een manier die ik niet logisch kan verklaren. Elke keer als we terug in de tijd reizen, zou de loop van de geschiedenis onherroepelijk moeten veranderen, het punt is dat dat niet gebeurt. Soms verschuiven gebeurtenissen ogenschijnlijk iets om speelruimte te creëren voor inmenging door de tijdreiziger, zodat het een generatie later is alsof de reiziger er nooit is geweest.'

'Wat allemaal nog geen bewijs van een simulatie is,' zei Zoey snel.

'Juist. We kunnen het om evidente redenen moeilijk bevestigen,' zei Ephrem.

'Maar je zou een stap dichter bij een bevestiging kunnen komen als je een hapering in de simulatie opspoort,' zei ik.

'Ja, precies.'

'Gaspery,' zei Zoey, 'ik weet dat het interessant is, maar het is werk dat je niet in de koude kleren gaat zitten.'

'Zoey en ik zitten niet helemaal op één lijn met betrekking tot het Tijdinstituut,' zei Ephrem. 'Je kunt denk ik wel zeggen dat onze ervaringen hier nogal verschillen.'

'Ja, dat kun je wel zeggen,' zei Zoey mat.

'Maar wat ik je kan vertellen,' zei Ephrem, 'is dat het een interessante plek om te werken is.'

'Wat ík je kan vertellen,' zei Zoey, 'is dat Ephrem dit jaar, vorig jaar en het jaar daarvoor zijn rekruteringsdoelen niet heeft gehaald.'

'De opleiding en het werk zelf vereisen enorme discretie,' zei Ephrem, die Zoey negeerde. 'En een immense focus.'

'Ik kan focussen,' zei ik. 'En ik kan discreet zijn.'

‘Prima,’ zei Ephrem, ‘dan regel ik een screeninggesprek voor je.’

‘Dank je wel,’ zei ik. ‘Dit klinkt misschien... luister, ik wil niet sneu klinken, maar ik heb hiervoor letterlijk nog nooit een interessante baan gehad.’

Ephrem lachte. ‘Ik maak me geen zorgen om het screeninggesprek. Daar kom je met vlag en wimpel door. Dit moet gevierd worden.’

Maar als er iets te vieren viel, waarom zei mijn zus dan zo weinig en waarom keek ze zo somber? Werk dat je niet in de koude kleren ging zitten... Luister, wilde ik tegen haar zeggen, terwijl Ephrem drie glazen champagne bestelde, ik doe liever gevaarlijk werk dan werk dat me comateus van verveling maakt. Maar ik was bang dat ze misschien wel ging huilen als ik dat zei.

7

Een week later was ik een uur voor mijn dienst begon bij het hotel en ging naar Talia's kantoor.

'Gaspery,' zei ze.

Ik wilde gaan zitten, maar ze schudde haar hoofd en stond op. 'Laten we een stukje wandelen.'

'Ik heb alleen maar een paar...'

'Weet je, het is interessant...' Ze gebaarde dat ik voor haar uit naar buiten moest lopen. 'Ik heb me op de universiteit verdiept in de geschiedenis van werk en als er door de eeuwen heen één historische constante is, dan is dat wel dat niemand bonje wil met personeelszaken.' Ze opende de zijdeur en we stonden buiten in het daglicht bij de goedereningang. 'Ik heb tegen je chef gezegd dat ik je moest spreken. Je krijgt hier geen problemen mee.'

Op het weerprogramma van vandaag stonden wolken, het daglicht was daarom zwak en grijs. Ik vond dat niet prettig.

'Het went niet echt,' zei Talia. Ze had mijn ongemakkelijke blik naar de hemel opgemerkt. We wandelden naar het pad dat langs de rivier van Kolonie Een liep. Alle drie de koloniën hadden een rivier, die aangelegd waren ter bevordering van de geestelijke gezondheid. Ze stroomden over een identieke witte stenen rivierbedding en waren voorzien van identieke witte stenen bruggen. Het waren bouwtechnische wonderen. Ze klonken allemaal precies hetzelfde. 'Waarom ben je weggegaan uit de Nachtstad?' vroeg ze.

'Nare scheiding,' zei ik. 'Ik wilde met een schone lei beginnen.' Het vertrouwde riviergeluid had iets geruststellends. Als ik niet opkeek, als ik geen aandacht schonk aan het vreemde grijzige nep-bewolkte daglicht, kon ik me verbeelden dat ik thuis was. 'En jij? Waarom ben jij hierheen gekomen?'

'Ik kom hiervandaan,' zei ze. 'Ik ben pas op mijn negende naar de Nachtstad verhuisd.'

'O.'

We kwamen bij een brug. In de Nachtstad zou er een stel zwervers bij de brug zitten te dutten of eronder in de rustige beschutting van de oever aan het trippen zijn, maar hier zat alleen maar een oude man in zijn eentje op een bank naar het water te staren.

'Je kwam bij me langs om je ontslag in te dienen,' zei Talia.

'Hoe weet je dat?'

'Omdat ik vorige week op verzoek van mijn baas die weer orders had van zijn baas die weer orders had van zijn baas een gesprek had met een stel vertegenwoordigers van het Tijdinstituut. Uit hun vragen kon ik opmaken dat ze je aan het doorlichten waren voor een functie.'

Is het een specifiek soort onbehagen, het gevoel dat er om je heen een onzichtbare bureaucratie in werking is? Talia bleef staan, dus bleef ik ook staan. Ik keek naar het water. Als jongetje liet ik altijd bootjes de Nachtstadrivier afdrijven, maar de Nachtstadrivier was een donkere, glinsterende stroom die zowel zonlicht als de duisternis van de ruimte weerspiegelde. De rivier van Kolonie Een was bleek en melkachtig en weerspiegelde de nepwolken op de koepel.

'Vroeger woonden we daar,' zei Talia. Ze wees en ik keek op naar een van de oudste, prachtigste luxeappartementengebouwen aan de overkant van de rivier, een witte cilindervormige toren met op elk balkon een tuin. 'Mijn ouders werkten voor het Tijdinstituut.'

Ik wist niet goed wat ik moest zeggen. Ik kon geen enkele niet-rampzalige reden bedenken waarom een gezin van een van de chicste adressen in Kolonie Een naar een bouwvallig huis in de Nachtstad zou verhuizen.

'Ze waren allebei reizigers,' zei Talia. 'Tot er een missie was die op een of andere afschuwelijke manier misging, waarna mijn ouders niet meer konden werken. Binnen een jaar zaten we in die achterbuurt in de Nachtstad.'

'Het spijt me.' Ik zei dit met verholen tegenzin, het punt was namelijk dat ik gek op de Nachtstad was en dat die achterbuurt mijn thuis was. Ons gezin – mijn moeder, Zoey, ik – woonde daar niet omdat we dat moesten, we woonden daar want, zoals mijn moeder het altijd zei: 'deze plek heeft tenminste nog iets van karakter, niet zoals die steriele koloniën met hun nepverlichting.' Maar terwijl ik me dat herinnerde, herinnerde ik me ook dat we geen geld hadden om het dak te laten repareren toen het lek bleek.

Talia stond naar me te kijken. 'Dronkaards zijn indiscreet,' zei ze. 'Als je er ooit meer dan vijf minuten bij stilgestaan hebt, besef je natuurlijk dat iemand terugsturen in de tijd de geschiedenis onvermijdelijk verandert. "De aanwezigheid van de reiziger is op zichzelf al een verstoring." Zo zei mijn vader het, weet ik nog. Het is onmogelijk om terug in de tijd te reizen, je in te laten met het verleden en geen enkele wijziging in de tijdlijn te veroorzaken.'

'Aha,' zei ik. Ik wist niet precies waar ze op uit was, maar naar haar luisteren bezorgde me een dermate ongemakkelijk gevoel dat ik haar niet kon aankijken.

'Soms gaat het Tijdinstituut terug in de tijd en maakt de schade ongedaan, dan zorgen ze ervoor dat de reiziger de handeling die de geschiedenis zou veranderen níét doet. Je weet wel, iets kleins, als de deur openhouden voor de vrouw die op een dag een algoritme bedenkt dat de beschaving voorgoed de das om doet of wat dan ook. Soms gaan ze terug en maken de schade ongedaan, maar niet altijd. Wil je weten hoe ze dat besluit nemen?'

'Dat klinkt als iets wat strikt geheim is,' zei ik.

'O, dat is het ook, Gaspery, maar ik mag jou en ik ben bovendien wat roekeloos geworden op mijn oude dag, dus daarom vertel ik het je toch.' (Hoe oud was ze? Vijfendertig? Ik vond haar op dat moment opwindend blasé.) 'Het sommetje is als volgt: ze gaan alleen terug om de schade ongedaan te maken *als de schade gevolgen heeft voor het Tijdinstituut*. Wat ben ik, Gaspery? Hoe zou je mij omschrijven?'

Dit voelde als een strikvraag. 'Ik...'

'Geen zorgen,' zei ze, 'je kunt het gewoon zeggen. Ik ben een bureaucraat. Personeelszaken is bureaucratie.'

'Oké.'

'Net als het Tijdinstituut. De belangrijkste onderzoeksuniversiteit op de maan, eigenaar van de enige werkende tijdmachine die er is, nauw vervlochten met regering en politie. Eén aspect daarvan zou al een geduchte bureaucratie met zich meebrengen, denk je niet? Wat je moet begrijpen is dat bureaucratie een organisme is en dat het primaire doel van elk organisme zelfbehoud is. Bureaucratie bestaat ter bescherming van zichzelf.' Ze keek weer over de rivier uit. 'We woonden op de tweede verdieping,' zei ze wijzend. 'Het balkon met de klimplanten en rozenstruiken.'

'Ziet er mooi uit,' zei ik.

'Ja, hè? Luister, ik begrijp waarom je bij het Tijdinstituut zou willen werken,' zei ze. 'Het lijkt vast een spannende kans. Niemand beweert dat er bij het hotel een geweldige carrière voor je in het verschiet ligt. Maar je moet wel weten dat als het Tijdinstituut klaar met je is, ze je dumpen.' Ze zei het zo achteloos, dat ik niet zeker wist of ik haar goed had verstaan. 'Ik heb een afspraak,' zei ze. 'Je moet over pakweg een uur wel met je dienst beginnen.' Ze draaide zich om en liet me daar achter.

Ik keek weer naar het appartementengebouw. Ik was weleens in zo'n appartement geweest, jaren geleden, er was een feestje en ik was indertijd behoorlijk dronken geweest, maar herinnerde me gewelfde plafonds en royale kamers. Wat ik dacht was dat als er iets mis zou gaan met het Tijdinstituut, ik nooit zou kunnen zeggen dat niemand me gewaarschuwd had.

Maar ik was mijn leven zo beu. Ik liep terug naar het hotel, maar het lukte me gewoon niet naar binnen te gaan. Het hotel was het verleden. Ik wilde de toekomst. Ik belde Ephrem.

'Kan ik ook eerder beginnen?' vroeg ik. 'Ik weet dat we bedacht hadden dat ik bij het hotel een opzegtermijn van twee weken zou aanhouden, maar zou ik nu al met de opleiding kunnen beginnen? Vanavond?'

'Geen probleem,' zei hij. 'Kun je over een uur hier zijn?'

8

'Thee?' vroeg Ephrem.

'Graag.'

Hij toetste iets in zijn toestel en we gingen aan de vergadertafel zitten. Een plotselinge herinnering: een keer na school bij Ephrem thuis, we dronken chai met zijn moeder. Ze woonden mooier dan wij. Ephrems moeder had werk dat ze vanuit huis kon doen, herinnerde ik me. Ze zat naar een scherm te kijken. Ephrem en ik zaten allebei te leren, het moest dus kort voor een toets zijn geweest in een periode waarin ik aan het experimenteren was met a) thee drinken en b) een goede leerling zijn. Ik wilde hier net wat over zeggen – weet je nog? – toen er een zachte bel klonk en een jongeman binnenkwam met een dienblad, dat hij met een hoofdknikje op tafel zette. Chai is echt, zei ik tegen mezelf. Toen realiseerde ik me dat Ephrem zich die middag lang geleden ook moest herinneren, want hij had me de keren dat ik hier was alleen maar chai geserveerd.

'Alsjeblieft.' Ephrem reikte me een dampende mok aan.

'Waarom wil Zoey niet dat ik hier ga werken?'

Hij zuchtte. 'Ze heeft een paar jaar geleden iets naars meegemaakt. Ik ken de details niet.'

'Vast wel.'

'Oké, ik ken ze wel. Maar weet je, het zijn alleen maar geruchten. Ik hoorde dat ze verliefd was op een reiziger die op een gegeven moment op eigen houtje is gaan opereren en zoekgeraakt is in de tijd. Dat is letterlijk alles wat ik weet.'

'Dat geloof ik niet.'

'Goed dan, het is letterlijk alles wat ik weet wat niet geheim is,' zei Ephrem.

'Hoe kun je zoekraken in de tijd?'

'Stel dat je opzettelijk met de tijdlijn knoeit,' zei Ephrem. 'Het Tijdinstituut kan dan besluiten je niet terug te halen naar het heden.'

'Waarom zou iemand opzettelijk met de tijdlijn knoeien?'

'Precies,' zei Ephrem. 'Zorg dat je dat niet doet en alles komt goed.' Hij leunde naar voren om iets aan te sturen via een bedieningspaneel op de muur en in de lucht tussen ons verscheen een zwevende tijdlijn met foto's van mensen. 'Ik heb een onderzoeksplan voor je opgesteld,' zei hij. 'We willen je niet in het epicentrum van de anomalie plaatsen, we weten tenslotte niet wat de anomalie is of hoe gevaarlijk die zou kunnen zijn. We willen dat je mensen interviewt van wie we denken dat ze de anomalie hebben gezien.'

Hij vergrootte een heel oude zwart-witfoto van een zorgelijk kijkende man in militair tenue. 'Dit is Edwin St. Andrew, de man die iets heeft waargenomen in het bos bij Caiette. Je gaat hem bezoeken om erachter te komen of hij er iets over kan vertellen.'

'Ik wist niet dat hij een soldaat was.'

'Dat zal hij als jij hem spreekt ook niet zijn. Jij ontmoet hem in 1912. Pas daarna komt hij terecht in de hel van het westfront. Nog thee?'

'Graag.' Ik had geen idee wat het westfront was en hoopte dat het aan bod zou komen in mijn opleiding.

Hij swipete de tijdlijn verder en ik keek naar de componist van de filmbeelden die Zoey me had laten zien. 'In januari 2020,' vervolgde Ephrem, 'verzorgde een kunstenaar die Paul James Smith heette een performance waar onder meer een video in zat; het lijkt erop dat die video de anomalie laat zien die St. Andrew een eeuw eerder beschreef. We weten alleen niet waar die video precies is gefilmd. We hebben geen complete opname van zijn concert, alleen het fragment dat Zoey je heeft laten zien. Je spreekt hem aan en kijkt wat je van hem aan de weet kan komen.'

Ephrem swipete weer en er verscheen nog een foto, van een oude man in een luchtschipterminal die met gesloten ogen viool stond te spelen. 'Dit is Alan Sami,' zei Ephrem. 'Hij heeft omstreeks 2200 een aantal jaren viool gespeeld in de luchtschipterminal van Oklahoma City. We denken dat Olive Llewellyn in *Marienbad* naar zijn muziek verwijst. Je gaat hem interviewen om meer te weten te komen over de muziek. Of eigenlijk over alles wat je maar boven tafel krijgt.' Hij schoof verder door de tijdlijn en daar was Olive Llewellyn, de lievelingsschrijver van mijn moeder en ooit een bewoonster van het huis waarheen Talia Anderson met haar ouders was verhuisd. 'En hier hebben we Olive Llewellyn. Tot mijn spijt zijn er werkelijk nergens beveiligingsbeelden tweehonderd jaar lang bewaard, er bestaat daarom geen enkele registratie van wat Olive Llewellyn al dan niet zou kunnen hebben meegemaakt voordat ze *Marienbad* schreef. Je gaat haar interviewen als ze op haar laatste signeertournee is.'

'Wanneer was haar laatste signeertournee?' vroeg ik.

'November 2203. De begindagen van de SARS-12-pandemie. Geen zorgen, je wordt niet ziek.'

'Ik heb daar nog nooit van gehoord.'

'Het was een van onze kindervaccinaties,' zei Ephrem.

'Worden er ook andere onderzoekers op deze zaak gezet?'

'Verschillende. Ze zullen andere invalshoeken onderzoeken, andere mensen interviewen of dezelfde mensen interviewen, maar op een andere manier. Het kan zijn dat je een aantal van hen tegenkomt, maar als ze hun werk goed doen, zul je nooit weten wie ze zijn. Voor jou is dit geen ingewikkelde klus, Gaspery. Je doet een paar interviews en overlegt je bevindingen vervolgens aan een hoger geplaatste onderzoeker, die het overneemt en er een definitieve beslissing over velt. Als alles goed gaat, zullen er voor jou andere onderzoeken volgen. Je kunt hier een interessante carrière hebben.' Hij stond naar de tijdlijn te kijken. 'Je beste startpunt,' zei hij, 'is volgens mij het interview met de violist.'

'Oké,' zei ik. 'Wanneer ga ik hem spreken?'

'Over pakweg vijf jaar,' zei Ephrem. 'Eerst komt je opleiding.'

9

Voor de opleiding hoefde ik me niet zozeer onder te dompelen in een andere wereld, maar moest ik me onderdompelen in een hele reeks andere werelden; allemaal momenten die één voor één voor één waren opgetreden, werelden die zo geleidelijk vervaagden dat hun verdwijning alleen achteraf duidelijk werd. Jaren van een-op-eenonderwijs in kamertjes op het instituut, jaren van mensen tegenkomen op de gang die al dan niet medestudenten waren (niemand droeg hier een naamplaatje) en jaren van stilletjes studeren in de bibliotheek van het Tijdinstituut of 's avonds laat in mijn flat met mijn slapende kat op schoot. Vijf jaar nadat ik weggegaan was bij het hotel, meldde ik me voor de eerste keer bij de tijdreiscabine.

Het was een middelgrote ruimte die volledig gemaakt was van een of andere steencomposiet. Aan de ene kant was een bank die gevormd was in een diepe uitsparing in de muur. Tegenover de bank stond een ontnuchterend doodgewoon bureau. Zoey stond me op te wachten met in haar hand een voorwerp dat verontrustend sterk op een pistool leek.

'Ik schiet eerst een tracker in je arm,' zei ze.

'Goedemorgen, Zoey. Met mij gaat het goed, dank je voor je belangstelling. Ook leuk om jou te zien.'

'Het is een microcomputer. Die communiceert met je toestel, dat weer met de machine communiceert.'

'Oké,' zei ik. Dan maar geen smalltalk. 'De tracker stuurt dus informatie naar mijn toestel?'

'Weet je nog die kat die ik je een keer heb gegeven?' zei ze.

'Natuurlijk. Marvin. Die ligt bij mij thuis te slapen.'

'We hebben eens een agent naar een andere eeuw gestuurd,' zei ze, 'maar toen ze daar verliefd werd op iemand, wilde ze niet terugkomen. Ze verwijderde haar tracker en voerde hem aan een kat. Toen we haar tegen haar zin terug naar het heden probeerden te halen, dook in haar plaats de kat in de reiscabine op.'

'Moment,' zei ik, 'komt mijn kat uit een andere eeuw?'

'Je kat is uit 1985,' zei ze.

'Wat...' zei ik. Ik was met stomheid geslagen.

Ze pakte mijn hand (wanneer hadden we elkaar voor het laatst aangeraakt?) en ik keek naar de verbeten concentratie op haar gezicht toen ze een zilveren bolletje in mijn linkerarm schoot. Het deed veel meer pijn dan ik had gedacht. Ze klikte een projectie boven het bureau open en richtte haar aandacht op het zwevende scherm.

'Je had het moeten zeggen,' zei ik. 'Je had me moeten zeggen dat mijn kat een tijdreiziger is.'

'Echt, Gaspery, wat maakt het uit. Een kat is een kat.'

'Jij hebt ook nooit iets met dieren gehad.'

Ze had haar mond samengetrokken tot een streep en weigerde me aan te kijken.

'Wees gewoon blij voor me,' zei ik. Zij stelde intussen iets bij in haar projectie. 'Dit is het enige wat ik ooit echt heb willen doen en nu doe ik het.'

'Ach, Gaspery,' zei ze afwezig. 'Arm schaapje toch. Toestel?'

'Hier.'

Ze nam mijn toestel, hield het dicht bij de projectie en gaf het terug.

'Oké,' zei ze. 'Je eerste bestemming staat geprogrammeerd. Ga maar in de machine zitten.'

10

Een transcriptie:

GASPERY ROBERTS: Oké, hij loopt. Dank u wel dat u tijd voor me vrijgemaakt hebt.

ALAN SAMI: Graag gedaan, jongen. Jij bedankt voor de lunch.

GR: Goed, even voor de volledigheid van mijn opname: u bent violist.

AS: Inderdaad. Ik speel in de luchtschipterminal.

GR: Voor geld?

AS: Voor de lol. Trouwens, voor alle duidelijkheid: ik heb het geld niet nodig.

GR: Maar u neemt het wel aan, in die hoed op de grond voor u...

AS: Ja, mensen gooiden geld voor mijn voeten, toen besloot ik op een gegeven moment maar mijn hoed ondersteboven voor me neer te zetten, dan slingerde al dat geld tenminste niet zo rond.

GR: Mag ik vragen waarom u speelt, als u het geld niet nodig hebt?

AS: Omdat ik ervan geniet, jongen. Ik speel graag viool en ik zie graag mensen.

GR: Als u het goed vindt laat ik u nu een kort fragment horen.

AS: Met muziek?

GR: Muziek met wat omgevingsgeluiden. Ik speel het af en wil u vragen me er aansluitend alles over te vertellen wat u weet. Is dat goed?

AS: Oké. Laat maar horen.

[...]

GR: Dat was u, toch?

AS: Ja, dat was ik, in de luchtschipterminal. Wel een beroerde opname.

GR: Hoe weet u zo zeker dat u dat bent?

AS: Hoe ik dat zeker weet? Echt? Nou, jongen, omdat ik de muziek herkende en een luchtschip hoorde. Dat pfoefgeluid aan het eind.

GR: Ik wil even stilstaan bij de muziek. Kunt u me iets vertellen over het stuk dat u speelt?

AS: Mijn wiegelied. Ik heb het zelf bedacht, maar heb het nooit een titel gegeven. Ik heb het voor mijn vrouw gecomponeerd. Ze leeft niet meer.

GR: O, gecondoleerd.

AS: Dank je wel.

GR: Is er… hebt u er ooit een opname van gemaakt of de muziek genoteerd?

AS: Allebei niet. Hoezo?

GR: Nou, zoals ik al zei werk ik als assistent van een muziekhistoricus. Ik heb opdracht om de overeenkomsten en verschillen te onderzoeken van muziek die in verschillende gebieden op aarde in luchtschipterminals wordt gespeeld.

AS: En je bent verbonden aan welke instelling ook alweer?

GR: De universiteit van British Columbia.

AS: Heb je daar dat accent van je van?

GR: Mijn accent?

AS: Het veranderde net. Ik heb een oor voor accenten.

GR: O. Ik kom uit Kolonie Twee.

AS: Interessant. Mijn vrouw kwam uit Kolonie Een, maar ze klonk heel anders dan jij. Hoelang doe je dit al?

GR: Assisteren bij onderzoeken? Een paar jaar.

AS: Heb je daarvoor gestudeerd? Hoe komt iemand bij dat soort werk uit?

GR: Goede vraag. Ik was mijn tijd een beetje aan het verdoen, als ik heel eerlijk ben. Ik werkte als hotelbeveiliger. Het was oké. Ik stond in een hotelfoyer eindeloos naar mensen te kijken. Maar toen zag ik een kans. Er kwam iets op mijn pad dat me echt interesseerde, op een manier waarop ik nooit eerder ergens in geïnteresseerd was geweest. Ik was vijf jaar lang bezig met de vereiste opleiding, studeerde taalkunde, psychologie en geschiedenis.

AS: Geschiedenis begrijp ik, maar waarom psychologie en taalkunde?

GR: Taalkunde omdat mensen op verschillende momenten in de geschiedenis op verschillende manieren taal bezigen. Dat komt van pas als je te maken hebt met oude muziek waarin ook *spoken word* verwerkt is.

AS: Ja, klinkt logisch. En psychologie?

GR: Persoonlijke interesse. Het was niet relevant. Het was totaal niet relevant. Ik weet niet waarom ik dat noemde.

AS: De dame legt het er te dik op, lijkt me.

GR: Moment, noemde u mij nu een dame?

AS: Dat was Shakespeare, jongen. Kom op. Je had toch gestudeerd?

II

'Briljant,' zei Zoey toen ze de opname beluisterde. 'Val jij even door de mand.'

Ephrem, die ook in haar werkkamer was, onderdrukte een glimlach.

'Ik weet het,' zei ik. 'Sorry.'

'Nee, joh,' zei mijn zus, 'Shakespeare is niet aan bod gekomen in je opleiding.'

'Zoey,' zei ik, 'Ephrem... wat zou er gebeuren als ik het zou verknallen? Puur theoretisch, hè.'

'Zorg gewoon dat je het niet verknalt.' Ephrem wierp een blik op zijn toestel. 'Het spijt me,' zei hij, 'ik heb een afspraak met mijn chef, maar ik zie je over een uur op mijn kamer.' Hij vertrok en ik was alleen met mijn zus.

'Wat was je indruk van de violist?' vroeg Zoey.

'Hij was ergens in de tachtig,' zei ik, 'misschien wel negentig. Hij praatte opvallend langzaam, alles klonk breed en traag door zijn accent. Hij had zijn ogen laten doen, je weet wel, met die kleurverandering. Ze hadden een vreemde paarsachtige kleur. Violet heet dat, geloof ik.'

'Zal wel hip geweest zijn toen hij jong was.'

Ze keek weer naar de transcriptie, herlas iets. Ik stond op en ging bij het raam staan. Het was nacht, de koepel was helder en aan de horizon kwam de aarde op, een groen-blauwe verschijning.

'Zoey,' zei ik, 'mag ik iets vragen?'

'Natuurlijk.'

Ik draaide me weer naar haar toe. Ze keek op van de transcriptie.

'Herinner je je Talia Anderson uit de Nachtstad?' vroeg ik.

'Nee. Ik geloof het niet.'

'Ze zat op de basisschool een tijdje bij mij in de klas. Ze woonde met haar ouders in het huis van Olive Llewellyn. Ik kwam haar toevallig weer tegen toen ik als beveiliger solliciteerde bij het hotel; ze werkt er bij personeelszaken.'

'Moment,' zei Zoey, 'hebben we het over Natalia Anderson van het Grand Luna Hotel?'

'Ja.'

Zoey knikte. 'Ze stond op de lijst met mensen die we hebben geïnterviewd voor jouw achtergrondcheck voor deze functie.'

'Hoe kun jij je een naam van een lijst van vijf jaar geleden herinneren?'

'Ik weet het niet,' zei ze. 'Ik herinner me die gewoon.'

'Ik wou dat ik jouw hersens had. Maar goed. Ze waarschuwde me min of meer dat ik hier niet moest gaan werken.'

'Net als ik,' zei Zoey.

Ik negeerde dat. 'Haar ouders schijnen hier ook gewerkt te hebben,' zei ik, 'lang geleden ooit. Ze zei dat haar vader loslippig was geweest.'

Zoey keek me aandachtig aan. 'Wat zei ze precies?'

'Ze zei: "De aanwezigheid van de reiziger is op zichzelf al een verstoring..."'

'Letterlijk dat?'

'Volgens mij wel. Hoezo?'

'Het komt uit een geheim opleidingshandboek dat tien jaar geleden uit de roulatie is gehaald. Ik vraag me af of ze het er ook met anderen over heeft. Wat zei ze nog meer?'

'Ze zei dat als het Tijdinstituut klaar met me is, ze me zouden dumpen.'

Zoey wendde haar ogen af. 'Hier werken is niet altijd makkelijk,' zei ze. 'Er is veel verloop onder het personeel. Je weet vast nog dat ik geprobeerd heb het je uit het hoofd te praten.'

'Was je bang dat ik gedumpt zou worden?'

Ze zweeg zo lang dat ik dacht dat ze niet zou antwoorden. Toen ze weer sprak, keek ze me niet aan en klonk haar stem gespannen. 'Lang geleden werkte hier iemand die me zeer dierbaar was, ook een reiziger. Ze was bezig met een ander onderzoek. Ze verknalde het.'

'Hoe is het met haar afgelopen?'

Haar hand kroop naar de ketting die ze altijd droeg. Het was een eenvoudig gouden kettinkje, ik had er eerder eigenlijk nooit echt aandacht aan geschonken, maar aan de manier waarop ze het aanraakte maakte ik op dat ze het van die reiziger had gekregen.

'Wat je moet begrijpen is dit,' zei ze. 'Je hoeft geen verschrikkelijk mens te zijn om willens en wetens te proberen de tijdlijn te veranderen. Je hoeft alleen maar een kort moment van zwakte te hebben. Echt heel even maar. En als ik "zwakte" zeg, bedoel ik misschien wel meer iets als "menselijkheid".'

'En als je willens en wetens de tijdlijn verandert...'

'Het is niet moeilijk om te bewerkstelligen dat iemand zoekraakt in de tijd. Je hoeft er bijvoorbeeld alleen maar voor te zorgen dat diegene opdraait voor een misdrijf dat hij of zij niet heeft begaan. In minder ernstige gevallen kunnen mensen ook ergens worden achtergelaten zonder een mogelijkheid terug naar huis te keren.'

'Maar als je een reiziger een misdrijf in de schoenen schuift, heeft dat dan geen gevolgen voor de tijdlijn?'

'De afdeling Onderzoek houdt een lijst met misdrijven bij,' zei Zoey. 'Zorgvuldig geselecteerd, zorgvuldig gekeurd om alle eventuele grote gevolgen te vermijden.'

('Bureaucratie bestaat ter bescherming van zichzelf,' had Talia gezegd terwijl ze over de rivier uitkeek.)

Zoey schraapte haar keel. 'Morgen is een belangrijke dag,' zei ze. 'Waar ga je ook alweer eerst heen?'

'1912,' zei ik, 'Edwin St. Andrew aan de tand voelen. Ik doe me voor als pastoor en probeer in de kerk een praatje met hem aan te knopen.'

'O, ja. En daarna?'

'Daarna ga ik naar januari 2020,' zei ik, 'praten met die videokunstenaar, Paul James Smith, kijken wat ik kan ontdekken over die vreemde video.'

Ze knikte. 'En de dag erna spreek je Olive Llewellyn?'

'Ja.' Inmiddels had ik al haar boeken gelezen. Geen ervan echt met plezier, maar ik wist niet goed of dat te wijten was aan de boeken of aan het nare gevoel dat ik had als ik aan haar dacht, gezien het tijdstip van het geplande interview.

'Je weet dat je haar zult zien in de laatste week van haar leven,' zei Zoey. 'Je interviewt haar in Philadelphia, drie dagen later overlijdt ze in een hotelkamer in New York.'

'Ik weet het.' Het bezorgde me een misselijk gevoel.

Zoey's gezicht verzachtte. 'Weet je nog hoe mama toen we klein waren altijd strooide met citaten uit *Marienbad*?'

Ik knikte en even was het alsof ik weer in het ziekenhuis was, de laatste dagen van onze moeder, de week buiten tijd en ruimte toen we niet van haar zijde weken.

'Maar je houdt het hoofd koel, hè?' Aan de manier waarop mijn zus naar me keek wist ik dat ze een oude Gaspery zag, een onbeholpen versie van mezelf die geneigd was in zeven sloten tegelijk te lopen, die doelloos leefde en niet de afgelopen vijf jaar had gewijd aan opleiding, studie en onderzoek.

'Natuurlijk. Ik ben een professional.'

Ik kende de feiten van leven en dood: Olive Llewellyn overleed in een pandemie die tijdens haar signeertournee begon. Ze stierf in een hotelkamer in de Atlantische Republiek. Maar natuurlijk kwam de gedachte om af te wijken van het protocol bij me op, toen en drie dagen later weer toen ik me 's ochtends meldde bij de tijdreiscabine, toen de coördinaten in mijn toestel werden gezet, toen ik de machine in stapte om haar te ontmoeten.

5

Laatste signeertournee op aarde /

2203

'LUISTER,' ZEI DE JOURNALIST, 'IK WIL U NIET IN VERLEGENheid brengen of voor het blok zetten. Ik ben alleen benieuwd of u iets vreemds meegemaakt hebt in de luchtschipterminal van Oklahoma City.'

In de stilte hoorde Olive de zachte geluiden van het gebouw, het gezoem van ventilatie en buizen. Misschien zou ze het niet hebben toegegeven als hij haar niet aan het eind van de tournee te pakken had gekregen, als ze niet zo moe was geweest. De journalist, Gaspery-Jacques Roberts, bekeek haar nauwlettend. Ze had het gevoel dat hij al wist wat ze ging zeggen.

'Ik wil er best over praten,' zei ze, 'maar ik ben bang dat ik te excentriek zal overkomen als het in de definitieve versie van het interview terechtkomt. Kunnen we misschien even off the record gaan?'

'Natuurlijk,' zei hij.

'Ik was in de terminal. Ik liep naar mijn vlucht en ik herinner me dat ik langs een man kwam die viool stond te spelen. Ineens was het alsof ik een gitzwarte flits zag en leek het alsof ik in een bos stond. Het duurde maar een seconde. Het was...'

'Het was precies zoals u in het boek beschrijft,' zei Gaspery.

'Ja.'

'Kunt u me er verder nog iets over vertellen?'

'Dat was eigenlijk alles. Het gebeurde zo snel. Ik had de indruk... dit klinkt vast krankzinnig, maar het was alsof ik tegelijk op twee verschillende plekken was. Ik zei dat ik in een bos stond, maar ik was ook nog steeds in de terminal.'

'Ik wist het,' zei hij.

'Ik begrijp niet precies...' Olive wist niet hoe ze de vraag moest formuleren. 'Betekent het iets?' vroeg ze.

Hij keek haar aan en leek te worstelen met wat hij zou zeggen. 'Dit klinkt vast mal,' zei hij op een geforceerd luchtige toon. 'Maar mijn redacteur bij *Contingencies* wil graag dat ik interviews afsluit met een grappige vraag.'

Olive kneep haar handen tot vuisten en knikte.

'Komt-ie,' zei hij. 'Het is eigenlijk een soort vraag over lotsbestemming.' Olive zag dat hij zat te zweten. 'Mits er geen onvoorziene ramp optreedt en we vooruitgang blijven boeken met onze technologie, kunnen we in de volgende eeuw waarschijnlijk al tijdreizen. Stel nu dat er een tijdreiziger voor u zou verschijnen en u zou adviseren alles uit handen te laten vallen en onmiddellijk terug te keren naar huis, zou u dat dan doen?'

'Hoe zou ik weten dat diegene een tijdreiziger is?'

De deur ging open, Olives pr-agent kwam binnen.

'Goede vraag. Stel dat er iets is met diegene wat niet te rijmen valt.'

'Wat bijvoorbeeld?'

Gaspery boog naar voren en sprak zacht en snel. 'Stel bijvoorbeeld dat deze persoon volwassen is,' zei hij. 'En stel nu dat deze persoon, deze volwassene van in de dertig, een naam heeft die u zelf hebt verzonnen voor een roman die pas vijf jaar geleden is verschenen.'

'Hoe gaat het hier?' vroeg Aretta.

'Helemaal goed,' zei Gaspery. 'Uw timing is perfect.'

'Misschien hebt u een andere naam aangenomen,' zei Olive.

'Zou kunnen.' Hij hield haar blik vast. 'Maar dat is niet zo.' Hij stond op en zei met een opgewektere stem: 'Ik dank u voor uw tijd, mevrouw Llewellyn. Vooral die laatste vraag. Ik weet dat grappige vragen een bezoeking kunnen zijn.'

'Je ziet er moe uit, Olive,' zei Aretta. 'Gaat het wel?'

'Alleen maar moe,' zei Olive, als echo van Aretta's verklaring.

'Maar hierna gaat u meteen naar huis, hè?' zei Gaspery zonder met de ogen te knipperen. 'Vanaf hier rechtstreeks naar de luchtschipterminal, toch? Hoe dan ook, tot ziens en dank u wel!'

'Nee, ze heeft nog een... O,' zei Aretta. 'Ja, tot ziens!' Gaspery was al weg. 'Een beetje een vreemde man, hè?'

'Een beetje,' zei Olive.

'Wat zei hij nou over naar huis gaan? Je hebt nog drie dagen op aarde.'

'Er is iets tussengekomen.'

Aretta fronste. 'Maar...'

Maar Olive was nog nooit zo zeker van haar zaak geweest. Ze had nog nooit van haar leven zo'n duidelijke waarschuwing gekregen. 'Het spijt me,' zei ze. 'Ik weet dat dit problemen veroorzaakt voor iedereen, maar ik moet naar de luchtschipterminal. Ik neem de eerst mogelijke vlucht naar huis.'

'Wat?'

'Jij kunt beter ook naar huis gaan, Aretta,' zei Olive. 'Ga naar je familie.'

Het is verbijsterend om wakker te worden in de ene wereld en bij het vallen van de avond vast te stellen dat je in een andere terechtgekomen bent, maar zo ongewoon is die situatie eigenlijk niet. Je wordt getrouwd wakker, in de loop van de dag overlijdt ineens je partner. Je wordt wakker in vredestijd, rond het middaguur is je land in een oorlog verwikkeld. Je wordt wakker in onwetendheid en 's avonds blijkt dat een pandemie hier al is. Je wordt wakker tijdens een signeertournee met nog een paar dagen te gaan en 's avonds ben je halsoverkop op weg naar huis, met achterlating van je koffer in een hotelkamer.

Olive belde haar man vanuit de auto. Het was een zelfrijdende auto, waar ze dankbaar voor was; er was geen chauffeur die haar kon horen en zich afvragen of ze gek geworden was, iets wat ze zich zelf wel afvroeg. 'Dion,' zei ze, 'ik ga je vragen iets te doen wat nogal extreem zal klinken.'

'Oké,' zei hij.

'We moeten Sylvie van school halen.'

'Bedoel je haar morgen thuis houden? Ik moet werken.'

'Kun je haar nu ophalen?'

'Olive,' zei hij, 'wat is er?'

Buiten het raampje waren de buitenwijken van Philadelphia een wazige veeg van woontorens. Je kunt een uitstekend huwelijk hebben en toch niet in staat zijn je partner werkelijk alles te vertellen. 'Het gaat om dat nieuwe virus,' zei Olive. 'Ik heb in het hotel iemand gesproken die inside-informatie had.'

'Wat voor inside-informatie?'

'Het is foute boel, Dion, het verspreidt zich overal.'

'Ook in de koloniën?'

'Hoeveel vluchten zijn er dagelijks tussen de aarde en de maan?'

Hij haalde diep adem. 'Oké,' zei hij. 'Oké. Ik ga haar halen.'

'Dank je wel. Ik ben op weg naar huis.'

'Wat? Als je een signeertournee afbreekt, moet het echt serieus zijn.'

'Het is serieus, Dion, alles wijst erop dat het echt serieus is.' Olive merkte dat ze huilde.

'Niet huilen,' zei hij zacht. 'Toe, niet huilen. Ik ga meteen naar de school. Ik neem haar mee naar huis.'

In de vertrekhal trok Olive zich terug in een hoek ver van de massa en haalde haar toestel tevoorschijn. Er was geen nieuws over de pandemie, maar ze bestelde medicijnen waarmee ze het zo'n drie maanden konden uitzingen, toen ook nog flessen water en vervolgens een berg nieuw speelgoed voor Sylvie. Toen het tijd was om aan boord te gaan, had ze een klein vermogen uitgegeven en voelde ze zich lichtelijk krankzinnig.

Hoe het was om de aarde te verlaten:

Snel steeg je op boven de groen-blauwe wereld, dan verdween die wereld plotseling achter wolken. De atmosfeer werd dun en blauw, het blauw ging over in indigo en dan, alsof je door het vliesje van een zeepbel gleed, was er de zwarte ruimte. Zes uur vliegen naar de maan. Olive had op de luchthaven een pak chirurgische mondkapjes gekocht, gewoonlijk bedoeld voor reizigers die onderweg een verkoudheidsvirusje hadden opgelopen, en ze droeg er drie over elkaar waardoor ze moeite had met ademhalen. Ze zat bij het raam, heel dicht tegen haar armleuning aan gedrukt in een poging zo ver als mogelijk uit de buurt te blijven van andere mensen. Het maanoppervlak steeg op uit de duisternis, van een afstand gezien helder, van dichtbij grijs. De ondoorzichtige koepels van Kolonie Een, Twee en Drie glansden in het zonlicht.

Haar toestel rinkelde zacht en lichtte op. Ze keek fronsend naar de nieuwe afspraakherinnering, ze kon zich niet herinneren een afspraak bij de dokter te hebben gemaakt, maar toen begreep ze het: Dion had die voor haar gepland. Hij had gezien hoeveel geld ze zo-even had uitgegeven aan eten in blik. Hij dacht dat ze bezig was door te draaien.

Daarna de landing, zo zacht na die razende snelheid tussen de aarde en de maan. Olive zette een bril met donkere glazen op om haar tranen te verbergen. Maar zo onredelijk was die doktersafspraak eigenlijk niet. Als Dion haar van een zakenreis had gebeld om te zeggen dat er een plaag op komst was en ze onmiddellijk hun kind van school moest halen, als zij ineens die enorme afschrijvingen op hun gezamenlijke rekening zou zien verschijnen, zou ze zich ook zorgen hebben gemaakt om zijn geestelijke gezondheid. Ze wachtte zo lang mogelijk met uitstappen om wat afstand te laten ontstaan tussen haar en andere mensen en bleef in de ruimtehaven en op het perron voor de trein naar Kolonie Twee zo ver mogelijk bij iedereen uit de buurt. In de treinwagon keek ze uit het raam naar de langsschietende tunnelverlichting en later door het gelaagde glas naar het heldere maanoppervlak. Ze stapte uit en wilde op het perron steeds haar koffer pakken, alleen om zich te herinneren dat ze die voorgoed kwijt was.

Heel even dacht Olive met spijt terug aan de vreemde klitten, net stervormige wapentjes, die ze in de Republiek Texas van haar sokken had gepulkt. Ze had ze zo graag aan Sylvie gegeven, maar, zei ze tegen zichzelf, afgezien daarvan zat er in de koffer niets wat echt van waarde was. (Toch voelde het als een gemis: ze reisde al jaren met die koffer, hij was bijna een soort vriend.) De trolley kwam aan. Olive ging dicht bij de deuren zitten, daar had je meer luchtcirculatie. Het kwam allemaal weer bij haar bovendrijven, al haar onderzoek naar pandemieën. De trolley gleed door de straten en boulevards van deze stad van witte steen, die er in haar ogen mooier bij lag dan ooit. De bruggen die de straten overwelfden bezaten een ongewone bouwkundige elegantie en de bomen langs de boulevards en ter verlevendiging van de torenbalkons waren bijna onnatuurlijk fris van kleur, een diep oververzadigd groen. En dan waren er de talloze winkeltjes met mensen die in- en uitliepen, zonder maskers, zonder handschoenen, onwetend, blind voor de dreigende ramp. Die aanblik was eigenlijk te veel, ze kon het allemaal niet meer verdragen, maar ze moest natuurlijk wel. Olive huilde zo onopvallend mogelijk, zodat niemand haar zou aanspreken.

Ze stapte eerder uit en liep de laatste tien straatblokken in het zonlicht. De koepel van Kolonie Twee vertoonde haar favoriete soort lucht, vlot langsdrijvende witte wolken tegen een diepblauwe achtergrond. Wat ontbrak was het geluid van kofferwieltjes op de klinkers.

Ze sloeg de hoek om en daar was het complex waar ze woonde, een rij vierkante witte gebouwen met buitentrappen vanaf de stoep naar de eerste en tweede verdieping. Ze liep met een onwerkelijk gevoel de trap op naar de eerste verdieping. Hoe kon ze zo snel alweer thuis zijn? Zonder haar koffer? En waarom? Omdat een journalist iets vreemds had gezegd over tijdreizen? Haar sleutels zaten in haar koffer, op aarde, dus tilde ze haar hand op om te kloppen. En hield toen in. Stel dat de besmetting op haar kleren zat. Ze trok haar jas uit, haar schoenen, en toen, na slechts een korte aarzeling, haar broek en blouse. Ze wierp een blik op de straat, een voorbijganger keek snel weg.

Ze belde Dion.

'Olive! Waar ben je?'

'Zou je de deur van het slot willen halen en dan met Sylvie naar de slaapkamer gaan en daar blijven tot ik bij jullie kom?'

'Olive...'

'Ik ben bang voor besmetting,' zei Olive. 'Ik sta voor de voordeur, maar voordat een van jullie me omhelst wil ik eerst douchen. Het zou op mijn kleren kunnen zitten.' Haar kleren lagen op een hoopje aan haar voeten.

'Olive,' zei hij. Ze hoorde de pijn in zijn stem. Hij dacht dat ze vreselijk, wanhopig ziek was, alleen niet van de naderende pandemie.

'Alsjeblieft.'

'Oké,' zei hij. 'Ik zal het doen.'

Het slot klikte open. Olive telde langzaam tot tien voordat ze naar binnen ging, haar toestel en ondergoed op de grond legde en meteen doorliep naar de douche. Ze boende zichzelf met zeep, pakte toen de fles schoonmaakalcohol, liep terug zoals ze gekomen was en desinfecteerde alle oppervlakten die ze had aangeraakt. Daarna zette ze de luchtreiniger op de hoogste stand, gooide alle ramen open, raapte met haar handdoek haar ondergoed van de vloer en gooide zowel het ondergoed als de handdoek in de afvalvermaler. Toen desinfecteerde ze haar toestel, vervolgens de vloer waar het toestel had gelegen en daarna weer haar handen. Zo zal ons leven er nu uitzien, dacht ze mat, steeds onthouden welke oppervlakten we hebben aangeraakt. Olive haalde diep adem en probeerde een zo kalm mogelijk gezicht op te zetten. Ze opende de deur naar de slaapkamer, naakt en ontdaan, en haar dochter vloog door de kamer en sprong in haar armen. Olive viel op haar knieën. Hete tranen rolden over haar gezicht en op Sylvies schouder.

'Waarom huil je, mama?' zei Sylvie.

Omdat ik had moeten doodgaan in de pandemie, maar gewaarschuwd werd door een tijdreiziger. Omdat heel veel mensen binnenkort zullen sterven en ik niets kan doen om dat te voorkomen. Omdat niets meer klopt en ik misschien wel gek ben.

'Ik heb je zo gemist,' zei Olive.

'Miste je me zo erg dat je eerder naar huis moest komen?' vroeg Sylvie.

'Ja,' zei Olive. 'Ik miste je zo erg dat ik eerder naar huis moest komen.'

Een vreemd waarschuwingsgeluid schalde door de kamer: uit Dions toestel schetterde het signaal van een overheidsalarm. Olive zag over Sylvies schouder dat Dion zijn toestel pakte en las wat er stond. Hij keek op en zag dat ze hem gadesloeg.

'Je had gelijk,' zei hij. 'Het spijt me dat ik aan je twijfelde. Het virus is hier.'

De eerste honderd lockdowndagen verschanste Olive zich elke ochtend in haar werkkamer en ging aan haar bureau zitten, maar uit het raam kijken was makkelijker dan schrijven. Soms noteerde ze alleen de geluiden die ze hoorde.

Sirene
Stilte; vogels
Sirene
Nog een sirene
Een derde? Overlappend, uit ten minste twee richtingen
Doodse stilte
Vogels
Sirene

Dagen die ongemerkt in elkaar overgingen: Olive stond om vier uur 's ochtends op om twee uur lang te werken terwijl Sylvie nog sliep, Dion werkte vervolgens 's morgens van zes tot twaalf terwijl Olive pogingen deed les te geven en hun dochter enigszins geestelijk gezond te houden, daarna werkte Olive weer twee uur terwijl Dion en Sylvie speelden, dan kreeg Sylvie een uur hologramtijd terwijl allebei haar ouders werkten, daarna werkte Dion terwijl Olive met Sylvie speelde, dan was het op een of andere manier alweer tijd om te koken en dan liep etenstijd ongemerkt over in bedtijd, om acht uur sliep Sylvie en niet veel later ging ook Olive naar bed, dan ging Olives wekker omdat het weer vier uur 's ochtends was, et cetera.

'We kunnen het als een kans zien,' zei Dion op de drieënzeventigste lockdownavond. Olive en Dion zaten ijs te eten in de keuken. Sylvie sliep.

'Wat voor een kans?' vroeg Olive. Het was al dag drieënzeventig en toch voelde ze zich nog steeds een beetje overdonderd. Er was een vleugje ongeloof – een pandemie? serieus? – dat nog niet helemaal was verdwenen.

'Om na te denken over hoe we de wereld weer willen betreden,' zei Dion, 'als dat straks weer kan.' Er waren bepaalde vrienden die hij niet miste, zei hij. Hij solliciteerde stilletjes op nieuwe banen.

'Nu doen we alsof deze fles mineraalwater een vriendje is,' zei Sylvie op dag vijfentachtig tijdens het avondeten. 'Wat zegt hij?'

'Hallo Sylvie!' zei Olive. Ze schoof de fles naar Sylvie toe.

'Dag fles,' zei Sylvie.

Tijdens de lockdown was er een nieuwe manier van reizen, hoewel dat niet helemaal het juiste woord leek. Er was een nieuwe manier van anti-reizen. Olive toetste 's avonds een reeks codes in haar toestel, zette een headset op die ook haar ogen bedekte en betrad de holoruimte. Holografische vergaderingen waren ooit geprezen als de toekomstige manier van doen (waarom de tijd en moeite van fysiek reizen nemen als je in een vreemde, zilverachtig blanco digitale ruimte kon praten met flakkerende simulaties van je collega's?), maar de onechtheid was pijnlijk vlak. Dion moest vaak vergaderen voor zijn werk, zat daarom dagelijks wel zes uur in de holoruimte en was 's avonds daas van vermoeidheid.

'Ik weet niet waarom het zo vermoeiend is,' zei hij. 'Zo ontzettend veel vermoeiender dan gewoon vergaderen, bedoel ik.'

'Volgens mij omdat het niet echt is.' Het was heel laat en ze stonden bij het woonkamerraam over de verlaten straat uit te kijken.

'Misschien heb je gelijk. De werkelijkheid blijkt toch belangrijker dan we dachten,' zei Dion.

Wat het was met de tournee, met alle tournees, was dat ze elk moment ervan dankbaar was, maar dat er ook altijd te veel gezichten waren. Ze was altijd al verlegen geweest. Tijdens een tournee doken al die gezichten alsmaar voor haar op, gezicht na gezicht na gezicht, en al waren de meeste vriendelijk, toch waren het allemaal de verkeerde gezichten. Want na een paar dagen tournee wilde Olive alleen nog Sylvie en Dion zien.

Maar toen de wereld kromp tot het oppervlak van hun appartement en tot een bevolking van drie personen, waren het de mensen die ze miste. Waar was de chauffeur die een boek schreef over pratende ratten? Ze had zelfs nooit geweten hoe die vrouw heette. Waar was Aretta? Het out-of-officebericht op Aretta's toestel liep weken achter, wat zorgwekkend was. En waar waren de andere schrijvers die ze op haar laatste tournee had ontmoet, Ibby Mohammed en Jessica Marley? Waar was de chauffeur die een oud jazzliedje zong toen ze door Tallinn reden? En de vrouw in Buenos Aires met de tatoeage?

Tijdens de lockdown was Kolonie Twee een vreemd, gestold oord, stil afgezien van de ambulancesirenes en het zachte zoeven van de trolleys die gemaskerde zorgmedewerkers vervoerden. Niemand mocht naar buiten behalve voor doktersafspraken en essentieel werk, maar toen Sylvie lag te slapen glipte Olive op de honderdste nacht de keukendeur uit, de buitenwereld in. Ze schoot stilletjes de trap af naar de tuin en ging op het gras zitten onder een boompje dat de vorm had van een parasol. Ze was slechts centimeters verwijderd van de stoep, maar zat verscholen achter bladeren. Buiten het appartement zijn was desoriënterend. Ze wist zeker dat de lucht niet was veranderd, toch voelde die na haar tijd op aarde niet goed, flauw en te sterk gefilterd. Ze bleef een uur buiten en glipte toen met een verhelderd gevoel weer naar binnen. Daarna zat ze elke avond een tijdje buiten onder de parasolboom.

Het gebeurde op zo'n avond dat de journalist opdook. De laatste journalist, zoals ze hem in gedachten altijd zou blijven noemen, Gaspery-Jacques Roberts van het blad *Contingencies*. De avond dat hij verscheen zat ze in kleermakerszit op het gras onder de parasolboom en probeerde niet te denken aan de statistieken van die dag (heden in Kolonie Twee 752 sterfgevallen en 3458 nieuwe besmettingen) en alle bewuste gedachten los te laten, toen ze zachte voetstappen dichterbij hoorde komen. Ze dacht niet dat het een patrouilleagent kon zijn, die waren altijd met zijn tweeën, maar de boete voor buiten zijn tijdens de lockdown was hoog, dus hield ze zich heel stil en probeerde zo zacht mogelijk te ademen.

De voetstappen stopten zo dichtbij dat ze de schaduw van diegene op de stoep kon zien. Had die persoon haar aanwezigheid vermoed? Het leek niet mogelijk. Er naderde ook iemand van de andere kant, een ander stel voetstappen.

'Zoey? Wat doe jij hier?' Olive herkende de stem van de man onmiddellijk en haar adem stokte.

'Dat zou ik jou ook kunnen vragen,' zei een vrouw. Ze had net zo'n accent als hij.

'Ik heb het je vijf minuten geleden verteld in de tijdreiscabine,' zei Gaspery. 'Ik wil een literatuurwetenschapper interviewen die Olive Llewellyn heeft geïnterviewd. Nog één extra bevestiging.'

'Ik vond het raar dat je na je interview met haar meteen weer weg wilde, voor een ongeplande reis,' zei ze.

Gaspery zweeg. 'Ik dacht dat je niet meer reisde,' zei hij toen.

'Klopt, maar gezien de omstandigheden meende ik een uitzondering te moeten maken. Gaspery, hoe kon je?'

'Ik ging haar alleen maar interviewen,' zei Gaspery. 'Ik wilde me echt aan het plan houden, maar ik kon het niet, Zoey. Ik kon haar niet zomaar laten doodgaan.'

Er viel een korte stilte waarin deze onbegrijpelijke mensen allebei haar woonkamerraam in keken, dat stelde Olive zich tenminste voor. Ze keek omhoog, maar zag vanaf haar positie alleen stukjes van haar woonkamerplafond, dat grotendeels schuilging achter bladeren.

'Je had gelijk toen je me waarschuwde,' zei hij kalm. 'Je zei dat het werk een gebrek aan menselijkheid vereiste en zo was het ook. Zo is het ook.'

'Je kunt beter niet teruggaan naar het heden,' zei Zoey.

Wát?

'Natuurlijk ga ik terug naar het heden,' zei Gaspery. 'Ik geloof in niet wegrennen voor de consequenties.'

'Maar de consequenties zullen verschrikkelijk zijn,' zei Zoey. 'Dat heb ik al eens gezien.'

Het was weer stil. Gaspery antwoordde niet.

'De Nachtstad is prachtig in dit tijdperk,' zei hij toen.

'Ik weet het.' Ze huilde, Olive hoorde het aan haar stem. 'Het is nog niet de Nachtstad.'

'Klopt,' zei hij. 'De koepelverlichting werkt nog. Staan we op klinkers?'

'Ja,' zei ze, 'volgens mij wel.'

'Er komt een patrouille aan,' zei Gaspery plotseling, en ze liepen samen snel weg.

Olive bleef nog lang zitten in het donker, in de vreemdheid. Als ze het goed begreep, had ze moeten doodgaan in de pandemie, maar had Gaspery haar gered. Had hij niet zelf gezegd wat hij was? *Stel dat er een tijdreiziger voor u zou verschijnen.*

Later die avond zocht ze Gaspery-Jacques Roberts op en kreeg een stroom verwijzingen te zien naar haar eigen werk, het boek en de verfilming van *Marienbad*. Ze zocht het blad *Contingencies* op en belandde op een website met een stuk of twintig, dertig artikelen, maar hoe meer ze erin dook, hoe meer die slechts een façade leek. Er was al lang niets nieuws op verschenen en de bijbehorende socialmedia-accounts waren niet actief.

Ze schrok op van een geluidje, maar het was Sylvie maar, die in haar eenhoornpyjama in de deuropening stond.

'Ach, lieverdje,' zei Olive, 'het is midden in de nacht. Kom, dan stop ik je lekker in.'

'Ik ben slapeloos,' zei Sylvie.

'Ik blijf wel even bij je zitten.'

Olive tilde haar dochter op, het warme gewicht in haar armen, en droeg haar naar haar kamer. Daar was alles blauw. Olive stopte haar in onder een indigoblauw dekbed en ging op bed zitten. *Ik had moeten doodgaan in de pandemie.*

'Mogen we Toverbos spelen?' vroeg Sylvie.

'Natuurlijk,' zei Olive. 'Een paar minuutjes, tot je slaperig wordt.' Sylvie huiverde van verrukking. Toverbos was een nieuw verzinsel: Sylvie had vroeger niets met denkbeeldige vriendjes gehad, maar nu tijdens de lockdown had ze een compleet koninkrijk vol en was zij hun koningin.

'Als ik slaperig word, stoppen we,' zei Sylvie braaf. 'We stoppen voordat ik in slaap val.'

'De poort gaat open,' zei Olive, want zo begon het spel. Omdat Sylvies kamer aan de achterkant van het gebouw lag was het er stiller dan in Olives werkkamer, maar Olive hoorde toch het zachte huilen van een ambulancesirene.

'Wie komt er doorheen?' vroeg Sylvie.

'Tovervosje springt door de poort. "Koningin Sylvie," zegt Tovervosje, "kom snel! Er is iets aan de hand in het Toverbos!"'

Sylvie lachte opgetogen. Tovervosje was haar lievelingsvriendje. 'En ik ben de enige die kan helpen, Tovervosje?'

'"Ja, koningin Sylvie," zegt Tovervosje. "U bent de enige die kan helpen."'

Weer een lezing, dit keer virtueel. Nee, dezelfde lezing, maar dan gegeven in de holoruimte. (In non-ruimte. Nergens.) Olive was een hologram in een zaal vol hologrammen, een zee van zwakke lichtjes die voor haar flakkerden, allemaal bijeengekomen in een minimalistische suggestie van een zaal. Ze keek uit over een paar honderd zwak oplichtende kopieën van mensen, van wie het echte lichaam zich in allemaal kamers overal op aarde en in de koloniën bevond, en had de gekke gedachte dat ze rechtstreeks een verzameling zielen toesprak.

'Een interessante vraag,' zei Olive, 'waar ik deze laatste paar minuten nog even op in wil gaan, is waarom er de afgelopen pakweg tien jaar zoveel belangstelling is voor postapocalyptische literatuur. Ik heb het grote geluk gehad veel te mogen reizen ten behoeve van mijn boek *Marienbad*...'

Blauwe hemel boven Salt Lake City, vogels zeilen hoog door de lucht
Het dakterras van een hotel in Kaapstad, fonkelende lichtjes in de bomen
Een weiland naast een treinstation in Noord-Engeland, de wind strijkt over het hoge gras
'Mag ik je mijn tattoo laten zien?' zei de vrouw in Buenos Aires

'... waardoor ik in de gelegenheid was met heel veel mensen te praten over postapocalyptische literatuur. Ik heb veel theorieën gehoord over waarom er zoveel belangstelling voor het genre is. Iemand opperde dat het te maken heeft met economische ongelijkheid, dat we in een wereld die fundamenteel oneerlijk kan lijken er misschien juist naar verlangen om alles op te blazen en opnieuw te beginnen...'

'Dat is gewoon hoe ik het zie,' had de boekverkoper in een oude
winkel in Vancouver gezegd,
terwijl Olive zijn roze bril bewonderde

'... en ik weet niet zeker of ik het daarmee eens ben, maar een intrigerende gedachte is het wel.' De hologrammen bewogen licht en keken haar onveranderd aan. Ze vond het een fijn idee dat ze een zaal nog steeds bij de kladden kon grijpen, al was de zaal nu alleen maar in de holoruimte, al was de zaal geen echte zaal. 'Iemand anders opperde dat het te maken had met een geheim verlangen naar heldendom, wat ik interessant vond. Misschien geloven we ergens dat als de wereld zou vergaan en opnieuw werd gemaakt, als er een ondenkbare ramp zou gebeuren, dat wij dan misschien ook opnieuw zouden worden gemaakt, misschien als betere, heldhaftigere, fatsoenlijkere mensen.'

'Het zou kunnen, toch?' zei de bibliothecaresse in Brazzaville;
haar ogen glansden, buiten op straat
speelde iemand trompet.
'Ik bedoel, niemand wil natuurlijk dat het gebeurt,
maar denk eens aan de kansen voor heldendom...'

'Sommige mensen zeiden tegen me dat het te maken heeft met de rampen op aarde, het besluit om over talloze steden koepels te bouwen, de tragedie dat mensen vanwege stijgend water of stijgende temperaturen complete landen hebben moeten verlaten, maar...'

Een herinnering: wakker worden in een luchtschip tussen
steden,

neerkijken op de koepel over Dubai,
en een heftig desoriënterend moment geloven dat ze de aarde had verlaten

'... maar dat geloof ik toch niet. Onze angst is gerechtvaardigd en het is niet onredelijk om te beweren dat we die angst een plekje proberen te geven in fictie. Maar het probleem met die theorie is dat onze angst niets nieuws is. Wanneer hebben we ooit níét geloofd dat de wereld vergaat?

Ik had een keer een boeiend gesprek met mijn moeder, waarin ze vertelde over het schuldgevoel dat zij en haar vrienden hadden over kinderen in dit universum zetten. We hebben het dan over halverwege de jaren 2160, in Kolonie Twee. Je kunt je nauwelijks een rustigere plaats of tijd voorstellen, maar zij maakten zich zorgen om asteroïdenstormen en of het leven op de maan onhoudbaar zou worden, over de vraag hoelang leven op aarde nog mogelijk zou zijn...'

Olives moeder die koffie drinkt in het huis waar Olive is opgegroeid:
een geel gebloemd tafelkleed
haar handen om een blauwe koffiebeker geslagen
haar glimlach

'... Wat ik bedoel is dat er altijd wel iets is. Als soort verlangen we er volgens mij naar te geloven dat we op het hoogtepunt van het verhaal leven. Het is een soort narcisme. We willen geloven dat we uitzonderlijk belangrijk zijn, dat we aan het eind van de geschiedenis leven, dat het nú, na al die millennia van loze alarmen, nú eindelijk het ergst is dat het ooit is geweest, dat we eindelijk zijn beland bij het vergaan van de wereld.'

In een wereld die niet meer bestaat, maar waarvan de exacte einddatum onduidelijk is,
staat kapitein George Vancouver aan dek van de HMS *Discovery bezorgd te kijken naar een landschap waarin zich geen mensen bevinden*

'Maar dit alles werpt een interessante vraag op,' zei Olive. 'Stel nu dat de wereld altíjd aan het vergaan is?'

Ze zweeg even voor het effect. Het holografische publiek voor haar was bijna volmaakt roerloos. 'Want we zouden het vergaan van de wereld redelijkerwijs kunnen zien als een aanhoudend, nimmer eindigend proces,' zei Olive.

Een uur later zette Olive haar headset af en was ze weer alleen op haar werkkamer. Ze kon zich niet herinneren ooit zo moe te zijn geweest. Ze zat een tijdlang stil de details van de fysieke wereld in zich op te nemen: de boekenplanken, de ingelijste tekeningen van Sylvie, het schilderij van een tuin dat haar ouders haar als huwelijkscadeau hadden gegeven, het vreemde stuk metaal dat ze een keer op aarde had gevonden en aan de muur had gehangen omdat de vorm ervan haar zo aansprak. Ze stond op en liep naar het raam om over de stad uit te kijken. Witte straat, witte gebouwen, groene bomen, ambulancelichten. Het was middernacht, de ambulances hadden hun sirenes daarom niet nodig. De lichten knipperden blauw en rood de straat door en verdwenen.

Ik had moeten doodgaan in de pandemie. Ze begreep niet volledig wat dat betekende en toch was het het punt waaromheen al haar gedachten draaiden. Een trolley vol zorgmedewerkers kwam langs, toen weer een ambulance, toen keerde de verstilling terug. Er bewoog iets in de lucht: een uil vloog stilletjes door het donker.

'Als we stilstaan bij de vraag waarom nú,' zei Olive de volgende avond voor een ander publiek van hologrammen, 'ik bedoel waarom de belangstelling voor postapocalyptische fictie de afgelopen tien jaar zo toegenomen is, dan moeten we volgens mij nagaan wat er in dat tijdsbestek in de wereld veranderd is, en als ik die gedachtegang volg kom ik onvermijdelijk uit bij onze technologie.' Een hologram op de eerste rij glom vreemd, de desbetreffende toehoorder had kennelijk een onstabiele verbinding. 'Persoonlijk geloof ik dat we postapocalyptische fictie niet per se oppakken omdat we ons aangetrokken voelen tot rampspoed, maar omdat we ons aangetrokken voelen tot een voorstelling van wat er hierna zou kunnen komen. We verlangen stiekem naar een wereld met minder technologie.'

'Ik gok dat ik niet de eerste ben die vraagt hoe het is om tijdens een pandemie de schrijver te zijn van een pandemieroman,' zei een andere journalist.

'U bent inderdaad niet de allereerste die dat vraagt.'

Olive stond bij het raam naar de lucht te kijken. De koepel van Kolonie Twee had dezelfde pixelbeelden als die van Een en Drie, een verschuivend patroon van blauwe lucht en wolken, maar aan de horizon meende ze een haperend stukje te zien, een gedeelte dat heel licht flakkerde waardoor er een vierkant stuk zwarte ruimte doorheen scheen. Ze kon het niet met zekerheid zeggen.

'Waar werkt u nu aan? Kunt u wel werken?'

'Ik ben bezig met een krankzinnig sciencefictionverhaal,' zei Olive.

'Interessant. Kunt u me er iets over vertellen?'

'Ik weet er eerlijk gezegd zelf nog niet zoveel over. Ik weet niet eens of het een roman is of meer een novelle. Het is eerlijk gezegd een erg geschift verhaal.'

'Ik kan me voorstellen dat alles wat dit jaar is geschreven haast wel geschift zal zijn,' zei de journalist, en Olive besloot dat ze haar sympathiek vond. 'Waarom sciencefiction?'

De plek aan de hemel had zo-even zonder twijfel geflakkerd. Hoe zou het zijn als de koepelverlichting het niet meer deed? Het was een vreemde gedachte. Ze had de illusie van een atmosfeer altijd als vanzelfsprekend beschouwd.

'Ik zit inmiddels honderdnegen dagen in lockdown,' zei Olive. 'Ik denk dat ik gewoon iets wilde schrijven wat zich zo ver mogelijk van mijn appartement afspeelt.'

'Is het alleen dat?' vroeg de journalist. 'Fysieke afstand, een manier om tijdens een lockdown te reizen?'

'Nee, waarschijnlijk niet.' Een ambulancesirene kwam dichterbij en de ambulance bleef voor het huis aan de overkant van de straat staan. Olive draaide zich van het raam af. 'Er is alleen... luister,' zei Olive, 'ik wil niet melodramatisch doen en ik weet dat het op veel plaatsen nu zo is, maar er is... er zijn zoveel doden. De dood is overal om ons heen. Ik wil niet schrijven over iets wat echt is.'

De journalist zei niets.

'Ik weet dat het voor iedereen zo is. Ik weet dat ik geluk heb. Ik weet dat het veel erger zou kunnen zijn. Ik klaag niet. Maar mijn ouders wonen op aarde en ik weet niet of...' Ze moest stoppen en diep ademhalen om kalm te blijven. 'Ik weet niet wanneer ik ze weer zal zien.'

Twee ambulances reden langs, achter elkaar, toen stilte. Olive keek over haar schouder. De ambulance aan de overkant van de straat stond er nog.

'Bent u er nog?' vroeg Olive.

'Het spijt me,' zei de journalist met verstikte stem.

'Hoe is dat bij u?' vroeg Olive vriendelijk. Ze bedacht dat de journalist erg jong klonk. Ze keek in haar agenda. De journalist heette Annabel Escobar, ze werkte in Charlotte, een stad waarvan Olive zich vaag herinnerde dat ze er een keer was geweest tijdens een tournee lang geleden door United Carolina.

'Ik woon alleen,' zei Annabel. 'We mogen het huis niet uit, en het is gewoon...' Maar nu huilde ze, tranen met tuiten.

'Het spijt me,' zei Olive. 'Dat klinkt erg eenzaam.' Ze keek uit het raam. De ambulance stond op dezelfde plek.

'Ik ben gewoon al heel lang niet meer met een andere persoon in één ruimte geweest,' zei Annabel.

Toen ze een andere avond weer verder zocht, ontdekte ze in een eeuwenoud wetenschappelijk tijdschrift een verwijzing naar een Gaspery J. Roberts. Het tijdschrift was gewijd aan de hervorming van het gevangeniswezen. De verwijzing stuurde Olive op een lange speurtocht, die uiteindelijk uitkwam bij gevangenisdossiers afkomstig van de aarde: Gaspery J. Roberts was eind twintigste eeuw veroordeeld tot vijftig jaar gevangenisstraf voor een tweevoudige moord in Ohio. Maar er was geen foto, Olive kon daarom niet met zekerheid weten of het dezelfde persoon betrof.

'Vertel, Olive,' zei een andere journalist. Ze waren hologrammen in een zilverachtige holoruimtezaal, samen met twee andere schrijvers die eveneens boeken hadden geschreven waarin pandemieën een rol speelden. Ze flakkerden alle vier als spoken. 'Hoeveel exemplaren van *Marienbad* heb je sinds het begin van de pandemie verkocht?'

'O,' zei Olive. 'Dat weet ik niet precies. Heel veel.'

'Dat je er heel veel hebt verkocht, weet ik,' zei hij. 'Je boek staat in tientallen landen op aarde, alle drie de maankoloniën en twee van de drie koloniën op Titan op de bestsellerlijst. Ik zou het graag exacter van je horen.'

'Ik ben bang dat ik de verkoopcijfers niet voor me heb liggen,' zei Olive. Alle hologrammen zaten haar aan te staren.

'Echt niet?' vroeg de journalist.

‘Ik heb er niet aan gedacht om mijn royalty-overzichten mee te nemen naar dit interview,’ zei Olive.

Een uur later was het interview voorbij. Ze zette haar headset af en bleef een tijdlang met gesloten ogen zitten. Ze was inmiddels lang genoeg terug van de aarde dat de avondlucht van Kolonie Twee weer fris aanvoelde als ze het raam openzette. De lucht mocht dan gefilterd zijn, maar er waren planten, er was stromend water, er was een wereld buiten haar raam die even echt was als elke wereld waarin ooit iemand had geleefd. Olive moest weer aan Jessica Marley denken en haar onuitstaanbare romannetje over opgroeien op de maan. Luister, wilde ze tegen haar zeggen, er is hier geen sprake van het ervaren van ‘pijn in de onwerkelijkheid’. Een leven dat onder een koepel geleefd wordt, in een kunstmatig gegenereerde atmosfeer, is nog steeds een leven. Het geluid van een sirene kwam dichterbij en stierf weg. Olive pakte haar toestel, gaf een zoekopdracht op met Jessica’s naam en ontdekte dat ze twee maanden geleden was overleden in Spanje.

‘Mama?’ Sylvie stond in de deuropening. ‘Is je interview klaar?’

‘Dag, lieverdje. Ja. Het was sneller klaar.’ Jessica Marley was zevenendertig.

‘Heb je nog een interview?’

‘Nee,’ zei Olive. Ze hurkte neer voor haar dochter en omhelsde haar even. ‘Morgen pas weer.’

‘Kunnen we dan Toverbos spelen?’

‘Natuurlijk.’

Sylvie rilde een beetje bij het vooruitzicht. *Ik had moeten doodgaan in de pandemie*. Olive wist nu dat ze de rest van haar leven zou proberen dat gegeven te begrijpen. Maar haar levendige vijfjarige ging grijnzend voor haar zitten en wat ze toen ontdekte, terwijl de lichten van weer een andere ambulance over het plafond gleden, was dat ze terug kon lachen. Dat is de vreemde les van leven in een pandemie: ten overstaan van de dood kan het leven vredig zijn.

'Mama? We spelen nu Toverbos.'

'Oké,' zei Olive. 'De poort gaat open...'

6

Mirella en Vincent /

/ bestandsverminking

I

Volg het bewijs. Tijdens zijn jarenlange opleiding, eigenlijk vanaf de avond dat hij Zoey belde om haar met haar verjaardag te feliciteren tot aan het huidige moment, was dit mantra Gaspery's kompas geweest. 'Huidige moment' begon inmiddels onzinnig te klinken, maar uit ieder moment kan een datum worden gedestilleerd, laten we het dus 30 november 2203 noemen in Kolonie Twee, de stad die in de greep was van een pandemie waaraan uiteindelijk vijf procent van haar inwoners zou overlijden, deze stad die nog niet Gaspery's thuis was en nog niet de Nachtstad, waarin hij en Zoey haastig door de straten liepen om lockdownhandhavers te ontwijken.

'Hier,' zei Zoey. Ze trok hem in een portiek. Gaspery tuurde door een glazen deur naar binnen en zag een ruimte met schimmige tafels en stoelen. Het was een restaurant, of was dat geweest. Alle restaurants in Kolonie Twee waren nu gesloten.

Ze stonden dicht bij elkaar in het donker te luisteren. Gaspery hoorde alleen sirenes.

'Je weet dat je de allerbelangrijkste regel hebt overtreden,' zei Zoey zacht. 'Maar waarom?'

'Ik kon haar niet níét waarschuwen,' zei Gaspery.

'Oké,' zei ze, 'dit is hoe het er nu voor staat. Ik heb alleen een voorlopige analyse gedaan, maar zover ik kan zien heeft je beslissing om Olive Llewellyn te redden geen aantoonbaar effect op het Tijdinstituut.'

'Het komt dus wel goed?'

'Niet per se,' zei ze. 'Je bent alleen niet onmiddellijk zoekgeraakt in de tijd. En je reisrechten zijn nog niet ingetrokken, we hebben tenslotte vijf jaar opleiding in je geïnvesteerd en je bent mogelijk nog steeds van nut voor het Tijdinstituut, op zijn minst voor de duur van dit onderzoek. Maar als ik jou was, zou ik die tracker uit mijn arm halen en niet teruggaan.' Ze keek op haar toestel. 'Ik moet gaan,' zei ze. 'Blijf hier, in deze tijd. Ik zal proberen je af en toe te bezoeken.'

'Wacht even. Alsjeblieft.'

Ze hield in en keek hem aan.

'Ik weet dat jij nooit zou doen wat ik heb gedaan,' zei hij. 'Maar stel dat dat wel zo was. Wat zou jij doen als je in mijn situatie zat, Zoey?'

'Ik kan me dingen die niet echt zijn moeilijk voorstellen,' zei ze.

'Wil je het proberen?'

Zoey sloot met een zucht haar ogen. Gaspery keek naar haar en realiseerde zich dat hij de enige was die ze had. Hun ouders waren dood. Ze was nooit getrouwd. Als ze al vrienden had of geliefden, dan waren die nooit ter sprake gekomen. Een onmetelijk schuldgevoel breidde zich in hem uit. Zoey opende haar ogen.

'Ik zou denk ik proberen de anomalie op te lossen,' zei ze.

'Hoe?'

Zoey was zo lang stil dat hij dacht dat ze niet zou antwoorden. 'Ogenblikje,' zei ze. 'Onze beste onderzoeksteams zijn jaren bezig geweest om deze coördinaten in kaart te brengen.' Ze toetste iets in haar toestel in en hij hoorde zijn eigen toestel zacht rinkelen in zijn zak.

'Ik heb je een nieuwe bestemming gestuurd,' zei Zoey. 'Het exacte tijdstip weten we niet, alleen de dag en de plaats, dus je zult in het bos moeten wachten.' Ze toetste nog iets in haar toestel in en verdween.

Gaspery stond alleen in het portiek, in de goede stad maar de verkeerde tijd. Hij sloot zijn ogen en dacht na over het verloop van het onderzoek, want liever dat dan aan zijn zus denken of aan wat hem te wachten stond als hij terugkeerde naar zijn eigen tijd. Hij had een nieuwe bestemming. Hij toetste de coördinaten in zijn toestel in en vertrok.

2

Hij was op het strand van Caiette. Aan de coördinaten kon hij zien dat hij zich in de zomer van 1994 bevond, maar het leek eerst niet te kloppen, want het zag er hier nog precies zo uit als ruim tachtig jaar eerder. Hij keek over het water naar twee kleine eilanden, plukjes bomen, en een desoriënterend moment lang dacht hij dat hij gekleed als een vroeg twintigste-eeuwse pastoor weer in 1912 was en zich opmaakte om Edwin St. Andrew aan te spreken in de kerk.

Het witte kerkje op de heuvel was sinds hij hier voor het laatst was niet veranderd, kennelijk was het onlangs opnieuw in de verf gezet, maar eromheen stonden andere huizen. Hij wendde zich af van het dorpje en zag de zee. De zon kwam op, blauwe en paarse tinten golfden over het water. De beweging ervan beviel hem, het rustige ritme van de golven. Hij moest voor het eerst in lange tijd aan zijn moeder denken. Ze was als kind een tijdje op aarde geweest. Ze had een ingelijste foto van een zee op aarde gehad, die dicht bij het fornuis in de keuken van hun vroegere huis hing, een kleine rechthoek met golven. Hij herinnerde zich dat ze er vaak naar keek als ze de soep doorroerde. En toch had de zee geen speciaal plekje in zijn hart, besefte hij. In geen enkele jeugdherinnering of belangrijk moment in zijn leven speelde de zee een rol. Het was gewoon iets wat hij kende uit de film en waar hij voor zijn werk kwam, maar hij had er geen bijzondere gevoelens bij en draaide zich al snel om en liep het strand af richting de coördinaten die zachtjes op zijn toestel knipperden. Hij liep langs het laatste huis en toen het bos in.

Door het bos lopen ging hem nu iets makkelijker af dan toen hij een soutane droeg, maar echt behendig was hij nog steeds niet. De bosgrond was te zacht, takken bleven aan zijn kleren haken, hij voelde zich van alle kanten belaagd. Het was een zonnige middag, maar die ochtend moest het hebben geregend. Varens plakten nat aan zijn benen. Zijn schoenen waren minder waterdicht dan hij had gedacht. Zijn toestel trilde zacht in zijn hand met een melding dat hij dicht bij de plek was die hij zocht. Hij liet de tak los die hij had vastgepakt om op zijn schermpje te kunnen kijken en de tak sloeg in zijn gezicht.

Daar was de esdoorn, tweeëntachtig jaar ouder dan de vorige keer dat hij hem had gezien. Hij was niet veel in de hoogte gegroeid, maar des te breder en indrukwekkender geworden. De open plek eromheen was met de jaren groter geworden. Hij liep onder het vlechtsel van de boomtakken door, keek op naar het zonlicht dat door de bladeren viel en voelde voor zover hem heugde voor het eerst echte eerbied.

Wanneer zou Vincent Smith hier opduiken? Hij wist het gewoon niet. Gaspery verliet de open plek en drong dicht bebladerd struikgewas in, hurkte neer op de koude, natte aarde en wachtte.

Hij hield zich heel stil en luisterde. Iets anders wat hem niet beviel aan bossen was het continue geritsel. Het was niet de gestage witte ruis van de maansteden, de machines in de verte die de zwaartekracht verhoogden naar het niveau op aarde, ervoor zorgden dat de lucht binnen de koepels adembaar bleef en de illusie van een briesje opriepen. In de witte ruis van een bos zat geen patroon en de willekeurigheid werkte Gaspery op de zenuwen. De tijd verstreek, vele uren. Zijn spieren verkrampten. Hij had ongelooflijke dorst. Hij stond een paar keer op om zich te strekken, zakte dan weer op zijn hurken. Je kon onmogelijk iets horen naderen tot hij ineens wel iets opving. 's Middags even na vieren hoorde hij de zachte voetstappen van het meisje op het bospad.

Vincent Smith op haar dertiende: zo te zien had ze haar haar zelf geknipt met een botte schaar voordat ze het felblauw had geverfd. Haar ogen waren zwaar opgemaakt met zwarte eyeliner. Alles aan haar schreeuwde verwaarlozing. Ze liep langzaam en keek door de zoeker van haar camera, en vanuit zijn schuilplaats herkende Gaspery de situatie: onlangs had hij in een theater in New York gezeten en een nogal langdradige muziekvoorstelling gezien waarbij de beelden werden getoond die Vincent op dit moment aan het filmen was. Ze bleef onder de boom staan, richtte haar camera schuin naar boven...

... en de werkelijkheid brak: Gaspery en Vincent stonden in de galmende kathedraal van de luchtschipterminal van Oklahoma City. Een stukje voor hen liep Olive Llewellyn, dichtbij klonken vioolklanken op. En daar stond ook, al was het onmogelijk, Edwin St. Andrew, met zijn gezicht naar boven gekeerd naar de takken/het plafond van de luchtschipterminal...

Vincent wankelde en liet net niet haar camera vallen. Gaspery had zijn handen voor zijn mond geslagen, omdat hij wilde schreeuwen. En toen was de luchtschipterminal verdwenen. In theorie weten dat één moment een ander moment zou kunnen verminken is één, beide momenten tegelijk meemaken is een ander verhaal en vermoeden wat het zou kunnen betekenen weer iets heel anders. Vincent keek wild om zich heen, maar Gaspery zat laag weggedoken en ze zag hem niet. Hij sloot zijn ogen, duwde zijn handen in de modder en probeerde zichzelf ervan te overtuigen dat het koude water dat bij zijn knieën door zijn broek sijpelde echt was.

3

Maar wat maakt een wereld echt?

Gaspery lag op zijn rug in de modder op te kijken naar bladeren die donker afstaken tegen de avondlucht. Het voelde alsof hij hier al heel lang was. In het bos viel de avond. Vincent was weg. Hij kwam met enige moeite overeind; hij had een stijve rug, hoelang had hij hier gelegen zonder zich te verroeren? Hij stuurde meteen een bericht via zijn toestel: *Ik heb het gezien! Ik heb de bestandsverminking gezien! Zoey, het is echt.*

Er kwam geen antwoord. Hij wist wat hij gedaan had, hij wist dat hij de belangrijkste regel had overtreden door Olive Llewellyn te redden, maar hij had nog een greintje hoop dat het bericht hém misschien zou redden.

4

Gaspery keerde terug naar het moment waarop hij was vertrokken, naar Reiskamer Acht op de derde kelderverdieping van het Tijdinstituut. Voor hem zat Zoey achter de regeltafel.

'Ik heb het gezien,' zei Gaspery. 'Ik heb de anomalie gezien.'

'Ik heb je bericht ontvangen.' Zoey keek hem strak aan en hij zag dat ze gehuild had. 'Ik heb Ephrem net gesproken,' zei ze. 'Je wordt op non-actief gesteld.'

'Wat gaat er met me gebeuren?'

'Weinig goeds.'

'Ik weet wat ik gedaan heb,' zei Gaspery. 'Maar als ik het onderzoek afrond, zullen ze misschien...'

'Ik denk niet dat je nog iets kan doen om jezelf te redden.'

'Maar heel misschien wel. Luister, ik wil alleen nog een aanvullende bevestiging opsporen, nog één getuige. Ik heb nog twee bestemmingen nodig.' Gaspery stapte uit de cabine en gaf haar zijn toestel.

Ze keek ernaar en fronste. '1918?'

'Ik heb een paar vervolgvragen voor Edwin St. Andrew.'

'In 1918? Hij heeft de anomalie in 1912 meegemaakt. En wat is er in 2007?'

'Een feestje waar Vincent Smith was,' zei hij. 'Het stond op een lijst met secundaire bestemmingen.'

'Maar je toestel en tracker zijn gedeactiveerd,' zei ze.

'Zoey,' zei Gaspery. 'Alsjeblieft.'

Ze sloot kort haar ogen en nam toen zijn toestel aan. Ze tikte iets wat hij niet kon zien en leunde vervolgens dicht voorover naar de projectie voor een irisscan. 'Ik heb de deactiveringsopdracht uitgeschakeld,' zei ze. Haar stem klonk vreemd vlak en hij zag angst in haar ogen. 'Ephrem kan hier elk moment zijn, hij heeft vast beveiligers bij zich. Ik zal je vertrek niet tegenhouden, Gaspery, maar als je terugkomt kan ik je niet beschermen.'

'Ik begrijp het,' zei hij. 'Dank je wel.'

Gaspery hoorde de klop op de deur op hetzelfde moment dat hij vertrok.

5

In de winter van 2007 verliet Gaspery de herentoiletten van een kunstgalerie in New York en stapte de warmte en het licht van een feestje binnen. Hij liep langzaam door de aanwezigen en probeerde zich te oriënteren. Hij zocht Vincent Smith. Hij wist dat ze hier was, haar aanwezigheid was opgenomen in de historische archieven omdat er ergens in deze zaal een societyfotograaf rondliep. Maar omdat het 2007 was, zou Mirella Kessler hier ook zijn en haar hoopte Gaspery na hun vreemde ontmoeting in 2020 te ontlopen.

Hij ontdekte de twee vrouwen aan de overkant van de zaal, waar ze een groot olieverfschilderij stonden te bewonderen. Hij pakte een glas rode wijn van een rond dienblaadje en bleef voor een ander schilderij staan kijken en nadenken hoe nu verder. De mensen om hem heen maakten hem enorm zenuwachtig. Ze schudden elkaar de hand, wat hij zelfs na alle culturele sensitiviteitstraining volslagen bizar gedrag vond midden in het griepseizoen, en zoenden elkaar op de wang. Deze mensen hebben zelf nooit een pandemie meegemaakt, bedacht hij toen. Niemand hier was oud genoeg om zich de winter van 1918-1919 te herinneren, ebola zou over een paar jaar uitbreken en grotendeels beperkt blijven tot de andere kant van de Atlantische Oceaan, Covid-19 zou pas over dertien jaar de kop opsteken. Gaspery begon zich langzaam langs de rand van de zaal te verplaatsen, zodat hij steeds dichter bij Vincent kwam.

Vincent was in 2007 rijk en presenteerde zich met een elegantie en zelfverzekerdheid die hij niet zou hebben verwacht van het onverzorgde, blauwharige kind dat hij zo-even in Caiette had gezien. Ze had haar arm door die van Mirella gestoken en ze stonden voor een schilderij, maar, zag hij nu, zonder er echt naar te kijken. Ze stonden op een samenzweerderige manier te smoezen. Mirella lachte zacht. Ze leken onafscheidelijk, wat hem bijna liet wanhopen. Maar toen maakte Vincent zich los om iemand te begroeten terwijl Mirella zich omdraaide om haar man te gaan zoeken en Gaspery greep zijn kans.

'Vincent?'

'Hallo.' Ze had een warme lach en hij vond haar onmiddellijk sympathiek.

'Sorry dat ik je lastigval. Ik ben bezig met een onderzoek voor een kunstverzamelaar en ik vroeg me af of ik een korte vraag mag stellen over de video's van je broer Paul.'

Hij had meteen haar aandacht. Haar ogen werden groter. 'Mijn broer?' zei ze. 'Ik dacht niet... ik wist niet dat hij ook video's deed. Hij is een musicus. Of een componist, eigenlijk.'

'Dat is precies wat ik vermoed,' zei hij. 'Volgens mij heeft hij die video's niet zelf gemaakt. Volgens mij was dat iemand anders.'

Ze fronste. 'Kun je ze beschrijven?'

'Het gaat vooral om eentje in het bijzonder,' zei Gaspery. 'De filmer liep door een bos. In British Columbia, denk ik. Het was een zonnige dag. Gezien de kwaliteit van de filmbeelden zou ik zeggen ergens halverwege de jaren negentig.'

Haar blik verzachtte. Gaspery had het gevoel alsof hij een soort hypnose uitoefende. 'De filmer liep een pad af,' beschreef hij verder, 'naar een esdoorn toe.'

Ze knikte. 'Dat pad filmde ik vroeger de hele tijd,' zei ze.

'In de video die ik bedoel gebeurt er iets vreemds. Er is een soort gekke plotselinge flits,' zei Gaspery, 'dan gaat het beeld heel even volledig op zwart, waarschijnlijk een hapering op de film of zoiets...'

'Het leek op een hapering,' zei Vincent, 'maar het zat niet op de film.'

'Heb je het gezien?'

'Ik hoorde een raar soort geluiden en alles ging op zwart.'

'Wat hoorde je?'

'Vioolklanken. Toen een soort hydraulisch pfoefgeluid. Het was onverklaarbaar.' Ze keek hem ineens weer recht aan. 'Neem me niet kwalijk,' zei ze, 'hoe was je naam ook alweer?'

Haar man kwam door de menigte hun kant op, hij gaf Vincent een glas wijn en Gaspery benutte deze kortstondige afleiding om weg te glippen. Hij voelde een vreemde opgetogenheid die evenzeer voortkwam uit uitputting als uit blijdschap. Hij had een bevestigend interview, de opname stond op zijn toestel. Hij had eigen waarnemingen. Voor het eerst sinds zijn interview met Olive Llewellyn vanochtend op deze vreemde en schijnbaar eindeloze dag, had hij het gevoel dat hij misschien toch niet verloren was.

Maar toen hij bij de deur naar de herentoiletten nog een laatste blik op het gezelschap wierp, vervloog zijn blijdschap. Hier had je de afschuwelijkheid waarvoor Zoey hem had gewaarschuwd, de diep ellendige wetenschap hoe alle levens hier stuk voor stuk zouden eindigen. Gaspery keek de zaal rond en voelde zich voor het eerst van zijn leven oud.

Vincent en haar man klonken met hun glazen. Over veertien maanden zou Alkaitis opgepakt worden voor het beheren van een grootschalig ponzisysteem, om vervolgens als hij vrijkwam op borgtocht naar Dubai te vluchten, met achterlating van Vincent, en de rest van zijn lange leven in het ene na het andere hotel te slijten.

Vincent zou nog twaalf jaar leven en dan onder geheimzinnige omstandigheden van het dek van een containerschip verdwijnen.

Iets verderop stond Mirella met haar man Faisal te praten. Faisal had belegd in Jonathans fraudesysteem en als dat een jaar later in elkaar stortte, zou hij alles kwijtraken, net als zijn familieleden die er op zijn aandringen ook in hadden belegd. Faisal zou door zelfdoding om het leven komen.

Mirella zou het lichaam vinden evenals het briefje. Ze zou vervolgens nog meer dan tien jaar in New York blijven tot ze in maart 2020 om onbekende redenen naar Dubai zou vliegen waar ze zou landen net voordat ze vanwege de Covid-19-pandemie voorlopig niet meer weg zou kunnen. Ze zou er Himesh Chiang leren kennen, die in hetzelfde hotel verbleef als zij, en na enige tijd zouden ze samen terugkeren naar Londen, waar Himesh geboren was. Daar zouden ze de pandemie overleven, trouwen en de rest van hun leven bij elkaar blijven. Ze zou drie kinderen op de wereld zetten, een geslaagde carrière hebben in retailmanagement en op haar vijfentachtigste overlijden aan een longontsteking, een jaar nadat haar man omkwam bij een auto-ongeluk.

Maar in elke biografie, elke opsomming van elk leven blijft onvermijdelijk zoveel onbenoemd. Voor dat alles, voordat Mirella Faisal verloor, voor dit feestje in deze stad aan zee, was ze opgegroeid in Ohio. Gaspery huiverde. Hij moest denken aan de manier waarop ze in januari 2020 in het park naar hem had gekeken. 'Jij was dat onder het viaduct,' had ze met verschrikkelijke overtuiging gezegd, 'in Ohio, toen ik jong was.' Dat niet alleen. Ze had gezegd dat hij daar werd gearresteerd.

Hij had gedacht dat 1918 zijn laatste reis zou zijn. Hij had alles in het werk gesteld om zichzelf te redden en wilde na 1918 terugkeren naar huis om de consequenties onder ogen te zien. Maar wat hij nu hij naar Mirella stond te kijken besefte, was dat het te laat was. Hij ging naar 1918, maar daarna zou er nog één allerlaatste bestemming volgen.

7

Verbannning /

1918, 1990, 2008

I

In 1918 had Edwin geen broers meer en nog maar één voet. Hij woonde met zijn ouders op het familielandgoed. Hij was onrustig, wandelde de hele tijd, zogenaamd omdat hij probeerde weer beter te lopen (hij had een prothese gekregen en had een slingerend hinkstaploopje), maar eigenlijk omdat als hij stil bleef staan de vijand hem te grazen zou kunnen nemen. Hij liep elk uur van de dag en nacht. Slaap voerde hem steevast naar de loopgraven, dus vermeed hij de slaap, wat betekende dat die hem onverwachts overviel: als hij in de bibliotheek zat te lezen, als hij in de tuin ging zitten, één of twee keer tijdens het avondeten.

Zijn ouders wisten niet goed hoe ze tegen hem moesten praten of zelfs maar naar hem kijken. Lamlendigheid konden ze hem niet meer verwijten, want hij was een oorlogsheld, maar ook een soort invalide. Iedereen kon zien dat het niet goed met hem ging.

'Je bent zo veranderd, schat,' zei zijn moeder vriendelijk, en hij wist niet of dat een compliment was, een verwijt of zuiver een observatie. Hij had nog nooit de ware bedoelingen van mensen goed kunnen doorgronden en kon dat nu nog minder.

'Ja,' zei hij, 'ik heb dingen gezien die ik liever niet had gezien.'

Understatement van de verrekte twintigste eeuw.

Hij voelde wel meer empathie voor zijn moeder dan vroeger. Wanneer Abigail 's avonds aan tafel in gedachten verzonk, wanneer het gesprek op de koloniën kwam en op haar gezicht de blik verscheen die haar zoons ooit onaardig haar Brits-Indië-uitdrukking noemden, begreep Edwin nu levendiger dat ze rouwde om een verlies. De Raj was in zijn ogen nog steeds onverdedigbaar, maar dan nog was zij een complete wereld kwijtgeraakt. Het was niet haar schuld dat de wereld waarin ze was opgegroeid niet langer bestond.

Als hij in de tuin was, praatte hij graag met Gilbert, hoewel Gilbert dood was. Gilbert en Niall waren één dag na elkaar in de Slag aan de Somme gesneuveld, terwijl Edwin Passendale had overleefd. Nee, 'overleefd' was het woord niet. Edwins levende lichaam was teruggekeerd van Passendale. Hij beschouwde zijn lichaam tegenwoordig in strikt mechanische termen. Zijn hart klopte onbezield. Hij ademde nog steeds. Hij was afgezien van de ontbrekende voet lichamelijk fit, maar in wezen ziek. Het was moeilijk om levend te zijn in deze wereld.

'Het is niet ongewoon,' hoorde hij de dokter op de gang voor zijn kamer zeggen in de eerste weken, toen hij alleen maar in bed lag. 'Sommige jongens die daarheen zijn gegaan en in de loopgraven terechtkwamen, hebben dingen gezien die geen van ons zou moeten zien.'

Hij had niet volledig gecapituleerd. Hij deed zijn best. Hij stond inmiddels 's ochtends op en kleedde zich aan, hij at het eten dat hem aan tafel voorgezet werd, waarna zijn kracht op was en hij de rest van de dag grotendeels in de tuin doorbracht. Daar zat hij graag op een bank onder een boom en praatte met Gilbert. Hij wist dat Gilbert er niet was, zo ver heen was hij nu ook weer niet, maar er was verder niemand om mee te praten. Ooit had hij hier vrienden gehad, maar één vriend zat tegenwoordig in China en de anderen waren allemaal dood.

'Nu jij en Niall allebei dood zijn,' vertrouwde hij Gilbert toe, 'erf ik de titel en het landgoed.' Het verbaasde hem hoe weinig het hem kon schelen.

Hij keek er raar van op toen hij op een ochtend de ommuurde tuin inliep en een man op de bank zag zitten. Heel even dacht hij dat het Gilbert was, hij was inmiddels zover dat alles mogelijk leek, maar toen kwam hij dichterbij en was de ware identiteit van de man bijna even onverklaarbaar: het was de vreemde man uit dat kerkje op het westelijkste puntje van British Columbia, die gekleed was geweest als een pastoor en die verder niemand daar kende of ooit had gezien.

'Ga alstublieft zitten,' zei de man. Nog steeds dat niet te plaatsen buitenlandse accent.

Edwin nam naast hem plaats.

'Ik dacht dat u een hallucinatie was,' zei Edwin. 'Toen ik eerwaarde Pike zag en informeerde naar de nieuwe pastoor met wie ik net nog had zitten praten, keek Pike alsof hij water zag branden.'

'Ik heet Gaspery-Jacques Roberts,' zei de vreemdeling. 'Ik ben bang dat ik maar een paar minuten heb, maar ik wilde u graag spreken.'

'Een paar minuten tot wat?'

'Een afspraak. U zult me voor gek verslijten als ik u de bijzonderheden vertel.'

'Ik ben bang dat ik op dit moment niet in de positie ben om over de gekte van een ander te oordelen, maar wat doet u in mijn tuin?'

Gaspery aarzelde. 'U was aan het westfront, als ik het goed heb.'

Modder. Koude regen. Een ontploffing, verblindend licht, dingen die om hem heen uit de lucht kwamen vallen; één zo'n ding sloeg tegen zijn borst en toen hij naar beneden keek zag hij dat het de arm was van zijn beste vriend...

'België,' bevestigde Edwin knarsetandend.

'Vriend' was eigenlijk niet het juiste woord voor wat die man voor hem betekende. Het ding dat tegen zijn uniformjas sloeg en naast zijn voeten op de grond viel, was de arm van zijn geliefde. Het hoofd van zijn geliefde landde nabij in de modder, de ogen nog wijd open in verwondering.

'En nu vreest u voor uw geestelijke gezondheid,' zei Gaspery voorzichtig.

'Als ik heel eerlijk ben, was die altijd al een beetje fragiel,' zei Edwin.

'Herinnert u zich nog wat u in het bos bij Caiette zag? Het is inmiddels ettelijke jaren geleden.'

'Levendig, maar het was een hallucinatie. De eerste van vele, ben ik bang.'

Gaspery zweeg even. 'Ik kan de technische aspecten niet uitleggen,' zei hij. 'Mijn zus zou dat waarschijnlijk wel kunnen, maar het gaat nog steeds mijn pet te boven. Maar ongeacht wat u daarna hebt ervaren, wat u ook in België gezien mag hebben, is het mogelijk dat u geestelijk gezonder bent dan u denkt. Ik kan u verzekeren dat wat u in Caiette hebt gezien echt was.'

'Hoe weet ik of u echt bent?' vroeg Edwin.

Gaspery strekte zijn hand uit en legde die op Edwins schouder. Zo bleven ze even zitten. Edwin keek naar de hand op zijn schouder, tot Gaspery die weghaalde. Edwin schraapte zijn keel.

'Wat ik in Caiette heb gezien kan onmogelijk echt zijn geweest,' zei hij. 'Het was een ontregeling van mijn zintuigen.'

'Maar was het dat wel? Volgens mij hoorde u een paar vioolklanken, gespeeld door een muzikant in een luchtschipterminal in het jaar 2195.'

'Een luchtschip... in het jaar eenentwintig-wát?'

'Gevolgd door een geluid dat u heel vreemd in de oren

moet hebben geklonken. Een soort *pfoef*, heb ik gelijk?'

Edwin staarde hem aan. 'Hoe weet u dat?'

'Omdat dat het geluid is dat luchtschepen maken,' zei Gaspery. 'Het zal nog even duren voordat ze worden uitgevonden. En wat de vioolklanken betreft... het was een soort wiegelied, toch?' Hij zweeg een tel en neuriede toen een paar tonen. Edwin omklemde de armleuning van de bank. 'De man die dit liedje heeft gecomponeerd zal pas over honderdnegenentachtig jaar worden geboren.'

'Niets hiervan is mogelijk,' zei Edwin.

Gaspery zuchtte. 'Zie het als een soort... hoe zeg ik dat, als een soort verminking. Verschillende tijdsmomenten kunnen elkaar verminken. Er was inderdaad sprake van een ontregeling, maar die had niets met u te maken. U bent alleen maar iemand die er getuige van was. U hebt me geholpen bij mijn onderzoek en volgens mij bent u er ietwat broos aan toe, ik dacht daarom dat de wetenschap dat u misschien wel geestelijk gezonder bent dan u denkt mogelijk voor wat verlichting zou kunnen zorgen. Op dat moment was u in elk geval niet aan het hallucineren. U beleefde een moment dat elders in de tijd plaatsvond.'

Edwins blik dwaalde weg van het gezicht van de man naar het beginnende verval van de septembertuin. De salvia's waren grotendeels kaal, bruine stengels en uitgedroogd blad, een paar laatste bloempjes wiegden blauw en paars in het afnemende licht. Een besef hoe zijn leven vanaf dit moment zou kunnen zijn bloeide in hem op: hij zou hier rustig kunnen leven en voor de tuin zorgen en dat zou uiteindelijk misschien genoeg kunnen zijn.

'Dank u wel dat u het me hebt verteld,' zei Edwin.

'Vertel het verder aan niemand.' Gaspery stond op en streek een herfstblad van zijn jas. 'Anders stoppen ze u in een gesticht.'

'Waar gaat u heen?' vroeg Edwin.

'Ik heb een afspraak in Ohio,' zei Gaspery. 'Ik wens u het beste.'

'Ohio?'

Maar Gaspery liep al weg en verdween achter het huis. Edwin keek hem na en zat daarna nog lang, uren, op zijn bank te kijken naar de tuin die wegzakte in de schemering.

2

Gaspery liep om het huis, bleef aan de voet van een treurwilg staan en keek op zijn toestel. Op het scherm knipperde zachtjes een bericht: *Keer terug.* Hij had zijn reisrechten opgebruikt, er was nog maar één bestemming mogelijk: naar huis. Heel even speelde hij met het wilde idee om hier in 1918 te blijven, zijn toestel in de tuin te begraven en de tracker uit zijn arm te snijden, het erop te wagen in deze grieppandemie en te proberen zich op een of andere manier te settelen in een vreemde wereld. Maar terwijl hij dat dacht toetste hij al de code in en vertrok hij. Toen hij zijn ogen weer opende in het kille licht van het Tijdinstituut, was hij niet verrast de daar verzamelde mensen te zien, de mannen en vrouwen in zwart uniform die hem met getrokken wapen opwachtten. Wat hem wel verraste was dat Olive Llewellyns pr-agent naast Ephrem stond. Zij tweeën waren de enige die niet in uniform waren.

'Aretta?'

'Hallo Gaspery,' zei ze.

'Blijf alsjeblieft waar je bent, Gaspery,' zei Ephrem. 'Je kunt in de cabine blijven.' Hij stond met zijn handen achter zijn rug. Gaspery bleef waar hij was. Achter in de kamer – hij moest zijn nek strekken om om de zwarte uniformen heen te kijken – werd Zoey vastgehouden door twee mannen.

'Ik had geen idee,' zei Gaspery tegen Aretta.

'Dat komt omdat ik goed ben in mijn werk,' zei Aretta. 'Ik loop niet iedereen te vertellen dat ik een tijdreiziger ben.'

'Zit wat in.' Gaspery voelde zich een beetje uit het lood geslagen. 'Het spijt me,' zei hij tegen Zoey. 'Het spijt me dat ik je om de tuin heb geleid.' Maar ze werd al de kamer uit geduwd. De deur sloot achter haar.

'Heb je haar om de tuin geleid?' vroeg Ephrem.

'Ik zei dat ik voor het onderzoek naar 1918 ging. Maar ik was er omdat ik wilde proberen te voorkomen dat Edwin St. Andrew in een krankzinnigengesticht overlijdt.'

'Meen je dat, Gaspery? Nóg een misdrijf? Heeft er iemand een bijgewerkte biografie?'

Aretta keek fronsend op haar toestel. 'Bijgewerkte biografie,' zei ze. 'Edwin St. Andrew is vijfendertig dagen na Gaspery's bezoek overleden in de grieppandemie van 1918.'

'Dat is toch dezelfde biografie?' Ephrem nam het toestel over, las even en gaf het toen met een zucht terug. 'Als je de tijdlijn niet had veranderd,' zei hij tegen Gaspery, 'zou hij nog steeds aan de griep zijn overleden, alleen achtenveertig uur later en in een krankzinnigengesticht. Zie je hoe zínloos dat was?'

'Je begrijpt het niet,' zei Gaspery.

'Dat kan goed zijn.' Stonden er tranen in Ephrems ogen? Hij zag er moe en gespannen uit. Een man die liever een boomspecialist was geweest. Een man in een moeilijke positie met een moeilijke taak. 'Wil je nog iets zeggen?'

'Is het nu al tijd voor laatste woorden, Ephrem?'

'In elk geval laatste woorden in deze eeuw,' zei Ephrem. 'Laatste woorden op de maan. Je gaat ben ik bang een flink eind reizen zonder ooit terug te komen.'

'Zou je voor mijn kat willen zorgen?' vroeg Gaspery.

Ephrem knipperde met zijn ogen.

'Ja, Gaspery, ik zal voor je kat zorgen.'

'Dank je wel.'

'Verder nog iets?'

'Ik zou het zo weer doen,' zei Gaspery. 'Ik zou geen moment aarzelen.'

Ephrem zuchtte. 'Goed om te weten.' Hij had een glazen fles achter zijn rug gehouden, die hij nu tevoorschijn haalde. Hij sproeide ermee in Gaspery's gezicht. Het rook zoetig, het licht verflauwde, toen zakte Gaspery door zijn benen...

3

… terwijl hij buiten kennis raakte was het alsof Ephrem achter hem in de cabine stapte…

4

... Twee schoten, kort na elkaar...

Voetstappen, een wegrennende man...

Gaspery was in een tunnel. Aan weerszijden licht, niet alleen licht, maar ook sneeuw...

Nee, geen tunnel, hij was onder een viaduct. Hij rook de uitlaatgassen van twintigste-eeuwse auto's. Hij was heel slaperig van het stofje dat hij net in zijn gezicht gesproeid had gekregen. Hij zat met zijn rug naar het talud.

Ephrem was er ook, kalm en efficiënt in zijn donkere pak. 'Het spijt me, Gaspery,' zei hij zacht. Gaspery voelde zijn warme adem in zijn oor. 'Echt.' Hij nam Gaspery's toestel uit zijn hand en stopte er in plaats daarvan iets anders in, iets wat hard was en koud en veel zwaarder...

Een pistool. Gaspery bekeek het nieuwsgierig. De weglopende man, de schutter, besefte hij vaag, holde verder en verdween uit zicht. Ephrem was ook weg, een vluchtig spook. De lucht was koud.

Hij hoorde zacht gekreun bij zijn voeten. Het kostte Gaspery moeite om wakker te blijven. Zijn ogen vielen steeds dicht. Maar hij zag dichtbij twee mannen liggen, twee mannen van wie het bloed zich over het beton verspreidde. Een van hen keek hem recht aan. Er sprak duidelijk verwarring uit zijn blik – Wie ben jij? Waar kom je vandaan? – maar hij was niet meer in staat te praten en terwijl Gaspery naar hem keek doofde het licht in zijn ogen. Gaspery was alleen onder een snelweg met twee dode mannen. Hij dommelde weer weg, heel even maar. Toen hij zijn ogen opendeed, staarde hij naar het wapen in zijn hand en vormden de puzzelstukjes langzaam één geheel. Je kunt zoekraken in de tijd, had Zoey in een andere eeuw gezegd. Waarom zou je de moeite nemen iemand levenslang gevangen te zetten op de maan als je diegene naar elders kunt sturen en daar op kosten van een ander als vermeende dader kan laten opsluiten?

Hij bespeurde links van zich een beweging. Hij draaide zijn hoofd langzaam die kant op en zag de kinderen. Twee meisjes van een jaar of negen en elf, hand in hand. Ze waren onder het viaduct komen aanlopen, maar stonden nu op enige afstand stil en keken. Hij zag hun rugzakken en besefte dat ze op weg naar huis waren van school.

Gaspery liet het wapen uit zijn hand vallen. Het kletterde weg als een onschuldig voorwerp. Nu streken er blauwe en rode lichten over hem heen. De kinderen staarden naar de twee dode mannen, toen keek het jongere meisje hem aan en herkende hij haar.

'Mirella,' zei hij.

5

Geen enkele ster brandt eeuwig. Gaspery kraste die woorden enige jaren later in een muur in de gevangenis, met zulke ragfijne lijntjes dat het er van een afstand uitzag als een vlekje in de verf. Je zag het alleen als je heel dichtbij kwam en je moest in de tweeëntwintigste eeuw of later hebben geleefd om te weten wat het betekende. Je moest die persconferentie in de tweeëntwintigste eeuw gezien hebben, met de Chinese president op een podium met achter haar een stuk of vijf van haar favoriete wereldleiders en klapperende vlaggen tegen een helderblauwe lucht.

In de gevangenis was er tijd, oneindig veel tijd. Veel daarvan besteedde Gaspery aan mijmeren over het verleden, nee, de toekomst, het moment waarop hij met cupcakes en bloemen op Zoey's verjaardag haar werkkamer was binnengestapt en alles wat daarna was gebeurd. Wat er nu was gebeurd, was verschrikkelijk, hij zat in de verkeerde eeuw in de gevangenis en zou hier sterven, maar naarmate de maanden overgingen in jaren, merkte hij dat hij vrijwel geen spijt had. Olive Llewellyn waarschuwen voor de naderende pandemie was niet fout van hem geweest, hoe vaak hij ook het moment in gedachten van alle kanten bekeek. Als iemand op het punt staat te verdrinken, is het je plicht diegene uit het water te halen. Hij had een zuiver geweten.

'Wat heb je daar geschreven, Roberts?' vroeg Hazelton.

Hazelton was zijn celgenoot. Hij was aanzienlijk jonger, liep steeds onrustig op en neer en praatte aan de lopende band. Gaspery trok zich weinig van hem aan.

'Geen enkele ster brandt eeuwig,' zei Gaspery.

Hazelton knikte. 'Mooi,' zei hij. 'De kracht van positief denken, hè? Je zit in de bak, maar dat is niet voor eeuwig, want níéts is voor eeuwig, toch? Neem mij. Als ik het even niet zie zitten met mijn leven, ga ik altijd...' Hij praatte verder, maar Gaspery luisterde al niet meer. Hij was kalm dezer dagen, op een manier die hij niet zou hebben verwacht. Aan het begin van de avond zat Gaspery graag op het uiterste puntje van zijn bed, zodat hij er bijna vanaf viel, omdat vanaf die hoek door het raam een strookje lucht te zien was en daar zag hij de maan.

8

Anomalie

I

‘Is dit het eind der dagen?’

Een zin uit Olive Llewellyns roman *Marienbad*, maar eigenlijk een citaat uit Shakespeare. Ik ontdekte het na vijf of zes jaar in de gevangenisbibliotheek in een paperback zonder kaft.

2

Geen enkele ster brandt eeuwig.

3

Kort na mijn zestigste verjaardag kreeg ik een hartaandoening, van het soort dat in mijn eigen eeuw makkelijk verholpen had kunnen worden, maar hier en nu levensbedreigend was. Ik werd overgebracht naar het gevangenisziekenhuis. Vanuit mijn ziekenhuisbed kon ik de maan niet zien, dus zat er niets anders op dan mijn ogen te sluiten en oude films af te spelen:

in de Nachtstad naar school lopen, langs het huis
waar Olive Llewellyn was opgegroeid,
met het dichtgetimmerde raam en de gedenkplaat;
in 1912 in de kerk van Caiette gekleed als pastoor wachten
tot Edwin St. Andrew binnen zou komen wankelen;
als vijfjarige eekhoorntjes achternazitten
in het strookje wildernis tussen
de Nachtstadkoepel en de Periferieweg;
toen we een jaar of vijftien waren achter school drinken met
Ephrem op een middag zonder zonlicht, zo'n middag die een
beetje gevaarlijk aanvoelde,
hoewel we eigenlijk alleen maar lichtelijk aangeschoten raakten
en elkaar domme moppen vertelden;
als zes- of zevenjarige op een zonlichtdag hand in hand met
mijn moeder lachend in de Nachtstad, toen we bleven staan om
vanaf een voetgangersbrug naar de rivier te kijken,
die donker en glinsterend onder ons stroomde...

'Gaspery.'

Ik voelde een scherpe pijn in mijn arm. Ik hapte naar adem en schreeuwde het bijna uit, maar er lag een hand op mijn mond.

'Sst,' fluisterde Zoey. Ze zag eruit alsof ze begin veertig was, was gekleed als een verpleegkundige en had zo-even de tracker uit mijn arm gesneden. Ik keek haar niet-begrijpend aan.

'Ik leg dit onder je tong,' zei ze. Ze hield iets voor me op: een nieuwe tracker die gekoppeld was aan het nieuwe toestel dat ze me in de hand drukte. Ze had het gordijn om mijn bed dichtgetrokken. Ze hield haar toestel een of twee tellen tegen het mijne tot beide toestellen snel en volgens een gecoördineerd patroon knipperden. Ik keek in de lichtjes...

4

… en we bevonden ons in een andere kamer, op een andere plaats.

Ik lag op mijn rug op een houten vloer in een slaapkamer in een zo te zien ouderwets soort huis. Mijn arm bloedde. Ik hield hem intuïtief tegen mijn borst. Zonlicht stroomde door een raam naar binnen. Ik ging rechtop zitten. Er was behang met rozen, houten meubels en door een deur zag ik een ruimte met een douche en een wc.

'Waar zijn we?'

'Op een boerderij aan de rand van Oklahoma City,' zei ze. 'Ik heb de eigenaren een flinke som geld gegeven voor kost en inwoning, je kunt hier voorgoed blijven. Het is het jaar 2172.'

'2172,' zei ik. 'Dus over drieëntwintig jaar bezoek ik Oklahoma City om de violist te interviewen.'

'Ja.'

'Hoe kan je hier zijn? Ik kan me niet voorstellen dat het Tijdinstituut dit reisje heeft goedgekeurd.'

'Ze hebben me die dag gearresteerd,' zei ze. 'Dezelfde dag dat ze jou naar Ohio stuurden. Ik had een vaste aanstelling en voor de rest een vlekkeloze staat van dienst, ze lieten me daarom niet zoekraken in de tijd, maar ik kreeg wel een jaar gevangenisstraf. Daarna ben ik naar de Verre Koloniën geëmigreerd. Het Tijdinstituut denkt dat ze over de enige bestaande werkende tijdmachine beschikken. Dat is niet zo.'

'Is er een tijdmachine in de Verre Koloniën? En jij mag die zomaar gebruiken?'

'Ik werk daar voor... voor een andere organisatie,' zei ze.

'Zelfs met jouw verleden?'

'Ik ben de beste in mijn vak, Gaspery,' zei ze. Ze zei het nuchter. Ze stond niet op te scheppen.

'Weet je, ik weet nog steeds niet wat jouw vak eigenlijk inhoudt.'

Die opmerking negeerde ze. 'Toen ik de baan in de Verre Koloniën aannam, heb ik deze missie als voorwaarde bedongen,' zei ze. 'Het spijt me dat ik niet eerder kon komen. Ik bedoel eerder in de tijd.'

'Het is goed zo. Ik bedoel: dank je wel. Dank je dat je me bent komen halen.'

'Volgens mij is het hier veilig, Gaspery. Ik heb een complete identiteit voor je gecreëerd. Probeer hier je thuis te maken. Maak kennis met de buren.'

'Ik weet niet hoe ik je moet bedanken, Zoey.'

'Je zou hetzelfde voor mij doen.' (Onuitgesproken tussen ons: ik zou dat niet eens kúnnen. Ze was van een ander kaliber dan ik, altijd al.) 'Ik weet niet of we elkaar nog eens zien,' zei Zoey.

Hadden we elkaar hiervoor ooit omhelsd? Ik kon het me niet herinneren. Ze hield me heel even dicht tegen zich aan, zette een stap naar achteren en was verdwenen.

Ik was alleen in de kamer, maar 'alleen' dekte de lading niet. Ik kende niemand in deze eeuw en het feit dat ik dit al eens eerder had meegemaakt, hielp in geen enkel opzicht mijn eenzaamheid te verlichten. Een krankzinnig ogenblik lang vroeg ik me af hoe het met Hazelton was, toen bedacht ik dat mijn celgenoot inmiddels van ouderdom gestorven zou zijn.

Ik liep verdwaasd naar het raam en keek uit over een zee van groen. De boerderijgrond reikte bijna tot aan de horizon, akker na akker met agri-robots die zich langzaam verplaatsten in het zonlicht. In de verte zag ik de torens van Oklahoma City. De lucht was schitterend blauw.

5

De boerderij was eigendom van een ouder stel, Clara en Mariam. Ze waren in de tachtig en woonden hier al hun hele leven. Ze waren blij met een goed betalende huurder, vertelden ze me die eerste avond tijdens een maaltijd van quiche en de verste sla die ik in decennia had geproefd, en ze zouden me niet lastigvallen met vragen. Privacy hadden ze hoog in het vaandel.

'Dank je wel,' zei ik.

'Je zus heeft verschillende identiteitspapieren voor je achtergelaten,' zei Clara. 'Een geboorteakte en dergelijke. Wil je dat we je aanspreken met de naam die op die papieren staat?'

'Zeg maar Gaspery,' zei ik. 'Alsjeblieft.'

'Goed, Gaspery,' zei Clara, 'mocht je je papieren ooit nodig hebben, dan vind je ze in die blauwe kast bij de deur naar de gang.'

Die eerste jaren verliet ik het erf nooit, maar ik vreesde dat ik dat op een dag wel zou moeten. Toen Mariam ziek werd, bracht Clara haar naar het ziekenhuis, maar wie zou Clara brengen? Ze liepen tegen de negentig. 'Mijn eerste casus aan het Tijdinstituut betrof een dubbelganger. Volgens onze beste gezichtsherkenningssoftware dook in foto's en filmbeelden uit 1925 en 2093 een en dezelfde vrouw op.' Als ik me voorstelde dat ik de boerderij verliet, zag ik meteen voor me hoe bewakingscamera's mijn gezicht registreerden en door de eeuwen heen alarmbellen lieten afgaan, waarna een agent van het Tijdinstituut zou opduiken. Het zou een gruwelijke kettingreactie in gang zetten. Ik had het erover met Clara, die discreet informeerde bij een buurman die weer een vriend had met handige connecties. Niet veel later lag ik op mijn rug op de boerenkeukentafel voor plastische laserchirurgie aan mijn gezicht en een kleurverandering van mijn irissen.

Toen de verdoving uitgewerkt was en ik overeind kwam, was de chirurg vertrokken.

'Whisky?' vroeg Mariam.

'Ja graag,' zei ik.

'Je ziet er compleet anders uit,' zei Clara. Ze gaf me een handspiegel en ik hapte naar adem.

Ik zag er inderdaad compleet anders uit. Maar ik herkende mijn gezicht.

6

Later die maand vond ik de viool. Hij was heel oud en lag in een kist achter in de gangkast. Mariam had er al jaren niet meer op gespeeld. Clara regelde lessen bij een buurvrouw.

'Ze noemt zich Lina,' zei Clara toen we erheen reden. 'Zover ik weet speelt ze al haar hele leven viool. Ze is hier ongeveer net zo als jij gekomen, als je begrijpt wat ik bedoel.'

Ik wierp een blik op haar. Ze was dat jaar tweeënnegentig geworden, maar had nog een krachtig profiel. Haar ogen gaven niets prijs.

'Dat wist ik helemaal niet,' zei ik. Er moet iets van verwijt in hebben doorgeklonken, want Clara keek me een tel of twee op haar rustige manier aan.

'Je weet dat ik privacy een groot goed vind,' zei ze. 'Zij kennelijk ook. Ze heeft die boerderij in dertig jaar nauwelijks verlaten.'

We stopten voor het huis op de boerderij naast de onze, een enorm grijs kubistisch bouwwerk dat dienst zou kunnen doen als een hotel, en ik moest denken aan Zoey's woorden toen ze me hier vier jaar geleden achterliet: 'Probeer hier je thuis te maken. Maak kennis met de buren.' Ik vroeg me af waarom ik nooit in staat was geweest ook maar iets van wat ze ooit had gezegd goed te begrijpen. Ik stapte uit de truck in het felle zonlicht.

De voordeur ging open en een vrouw van ongeveer mijn leeftijd, begin zestig, kwam naar buiten.

'Goedemorgen, Gaspery,' zei Talia.

7

'Je zus heeft me waarschijnlijk net op tijd kunnen weghalen,' vertelde Talia. 'Ze kwam op een avond naar het hotel, ik denk direct nadat ze was ontslagen uit de gevangenis. Ze zei dat de politie een dossier over me had aangelegd, iets met het doorvertellen van geheime informatie.'

'Nou, dat deed je natuurlijk ook, geheime informatie doorvertellen.' We zaten op de veranda van haar huis, tussen ons in onze violen.

'Ik was roekeloos. Wilde denk ik het noodlot uitdagen. Ze zei dat ze binnenkort naar de Verre Koloniën zou verhuizen en adviseerde me met klem mee te gaan. Maar de Verre Koloniën hebben een uitleveringsverdrag met de maan, dus toen we daar eenmaal waren opperde ze dat het misschien beter niet mijn definitieve bestemming kon zijn.'

'En dat was dertig jaar geleden?'

'Zesentwintig.'

Ik zag het toen ik naar haar keek, de kwarteeuw die ze hier op deze boerderij had gewoond. Haar huid was donker van de zon en ze straalde een innerlijke rust uit.

'Hoe is het daar?' vroeg ik. 'In de Verre Koloniën?'

'Het is er prachtig,' zei ze, 'maar ik vond het niet fijn om onder de grond te wonen.'

8

Binnen een jaar trouwden we, Talia en ik, en toen Clara en Mariam stierven lieten ze ons de boerderij na.

Dit, dacht ik bij mezelf in de jaren die volgden, op avonden dat mijn vrouw en ik samen vioolspeelden, als we samen kookten, over onze akkers liepen en naar de werkende agri-robots keken, op de veranda zaten en de luchtschepen boven Oklahoma City zagen opstijgen als vuurvliegjes aan de horizon, dit is wat het Tijdinstituut nooit heeft begrepen: mocht er definitief bewijs aan het licht komen dat we in een simulatie leven, dan zal de juiste reactie op dat nieuws zijn: nou en. Een leven dat in een simulatie wordt geleefd is nog steeds een leven.

9

Er was een aftellen begonnen. Ik voelde het op de achtergrond van al mijn dagen. Ik wist dat ik binnen niet al te lange tijd naar Oklahoma City zou verhuizen. Vaststond dat ik in 2195 viool begon te spelen in de luchtschipterminal. Omdat ik me het interview herinnerde, wist ik dat eerst mijn vrouw zou overlijden.

10

Zacht
in de nacht
aan een hersenbloeding
op haar vijfenzeventigste.

II

Nadat Talia gestorven was, zat ik een tijdlang elke avond op de veranda te kijken naar de luchtschepen die boven de stad in de verte opstegen. Mijn hond Odie lag naast me met zijn kop op zijn poten. Aanvankelijk dacht ik dat ik mijn verhuizing naar de stad voor me uit schoof omdat ik zo verknocht was aan de boerderij, maar op een avond besefte ik plotseling dat ik verlángde naar die lichtjes. Na al die jaren wilde ik weer onder de mensen zijn.

'En jou neem ik mee,' zei ik tegen Odie, die kwispelde.

12

Als je nagaat hoe intelligent iedereen aan het Tijdinstituut heette te zijn, had toch zeker iemand bedacht moeten hebben dat ik de anomalie was? Nee, dat is niet eerlijk. Dat ik de anomalie in gáng had gezet. Hoe kon het dat niemand in de gaten had dat ik mezelf interviewde? Omdat ik dankzij de documenten die Zoey had gecreëerd op papier Alan Sami heette en geboren en getogen was op een boerderij buiten Oklahoma City.

Ik zag de anomalie in de luchtschipterminal. Op een dag in oktober 2195 speelde ik viool, naast me mijn hond, en vielen me bijna gelijktijdig twee mensen op.

Olive Llewellyn liep door de tunnel met haar zilverkleurige koffer achter zich aan. De man die een paar meter voor haar mijn kant op liep, zag ze niet, maar ik wel. Die man was net uit een werkkast gestapt.

Toen de man op me afliep en Olive Llewellyns pad kruiste, leek de lucht achter hem te rimpelen. Hij merkte dat niet omdat al zijn aandacht op mij gevestigd was en omdat hij een beetje zenuwachtig was. Dit was tenslotte zijn eerste interview voor het Tijdinstituut.

Ik speelde door, zweette inmiddels en klampte me vast aan mijn wiegelied voor Talia. De rimpeling golfde sterker, de software, als je het zo kon noemen, die onkenbare machine die ervoor zorgde dat onze wereld intact bleef, probeerde uit alle macht de onmogelijkheid dat we hier allebei waren kloppend te maken. Maar dezelfde persoon was niet slechts twee keer op dezelfde plaats, de machine, de intelligentie, de software, wat het ook was, had nog een derde Gaspery ontdekt, heel ergens anders in tijd en ruimte, in het bos van Caiette, en nu raakte alles echt op losse schroeven: dit moment was verminkt, maar dat gold ook voor die locatie, die plek in het bos waar Edwin St. Andrew in 1912 opkeek naar het bladerdak, waar ik me in 1994 verscholen hield tussen de varens en Vincent Smith gadesloeg. Achter de naderende man ontstond een vreemde golf van duisternis, waar het licht wegebde. Olive Llewellyn bleef verrast staan. Ik zag mezelf op mijn knieën in 1994 en Edwin St. Andrew op exact dezelfde plek, we overlapten elkaar, en iets verderop was Vincent Smith, dertien jaar oud, met een camera in de hand.

Van een nabijgelegen gate steeg een luchtschip op, dat onmiskenbare pfoefgeluid, en de spookbeelden waren verdwenen. De tijd liep weer gladjes. De bestandsverminking herstelde zichzelf, de draden van de simulatie raakten om ons heen weer keurig verweven, en Gaspery-Jacques Roberts, mijn jongere ik, de nieuwe medewerker en pijnlijk onbeholpen onderzoeker van het Tijdinstituut, had niets gemerkt. Het gebeurde allemaal achter zijn rug. Hij had wel over zijn schouder gekeken, maar, ik herinnerde me het moment nog, had zijn sterke indruk van een of andere ontregeling toegeschreven aan zijn eigen zenuwachtigheid.

Ik sloot mijn ogen. Al die tijd was ik het zelf geweest. Vincent en Edwin hadden de anomalie gezien omdat ik bij hen daar in het bos was. Kennelijk was ik die eerste keer in 1912 niet dicht genoeg bij Edwin geweest om de anomalie zelf waar te nemen. Ik speelde het wiegelied uit en hoorde Gaspery klappen.

Hij stond ongemakkelijk voor me. Ik schaamde me zo voor hem – voor mezelf? voor ons? – dat ik hem nauwelijks kon aankijken, maar het lukte me. Ik was dankbaar dat mijn hond door de incompetentie van mijn jongere ik heen geslapen had.

'Hallo,' zei hij opgewekt met een schrikbarend onvolmaakt accent. 'Ik heet Gaspery-Jacques Roberts. Ik doe onderzoek voor een muziekhistoricus en ik vroeg me af of ik u op een lunch mag trakteren.'

13

'Hoe ik mijn leven zou beschrijven?' herhaalde ik, om tijd te rekken. 'Dat is nogal een vraag, jongen. Ik weet niet goed wat ik daarop moet antwoorden.'

'Vertelt u me anders iets over hoe uw dagen eruitzien. Als u het niet erg vindt. Ik neem dit trouwens nog niet op. We praten gewoon wat.'

Ik knikte. Ik zou zorgen dat hij zich niet echt op zijn gemak zou gaan voelen. Ik zou Shakespeare citeren omdat ik wist dat hij nog niet thuis was in diens werk. Ik zou hem 'jongen' noemen, omdat hij er een hekel aan had als iemand hem zo aansprak en zijn irritatie hem zou afleiden. Ik zou mijn overleden vrouw noemen omdat hij zich schaamde voor zijn eigen mislukte huwelijk. Ik zou hem onzeker maken over zijn accent omdat hij tijdens zijn opleiding vooral zijn tanden stukgebeten had op accenten en dialecten. Maar eerst zou ik hem inpakken met de gezapigheid van mijn leven.

'Oké,' zei ik. 'Ik sta daar elke dag een paar uur viool te spelen. Mijn hond ligt aan mijn voeten te slapen en de forensen snellen langs en gooien geld mijn kant op. Ze verplaatsen zich onmenselijk snel, de forensen. Daar heb ik wel even aan moeten wennen.'

'Bent u van hier?' vroeg de onderzoeker.

'Ik ben geboren op een boerderij iets buiten de stad. Heb daar mijn hele leven gewoond. Maar weet je, jongen, toen ik de boerderij eenmaal overnam, was kleinschalige landbouw grotendeels een kwestie van toekijken geworden. Je kijkt naar de robots die het land bewerken. Soms sleutel je wat aan hun instellingen, maar ze zijn goed gemaakt, passen zich meestal zelf aan, jou hebben ze nauwelijks ergens voor nodig. Je speelt viool op het land gewoon om iets te doen te hebben. In de verte stijgen de luchtschepen rap als vuurvliegjes op, maar van dichtbij zijn ze sneller.'

Als ik in de luchtschipterminal viool stond te spelen, leek het soms alsof de luchtschepen naar boven vielen, met omgekeerde zwaartekracht. Ze liepen vol met hun vracht van wezenloos kijkende forensen en vielen dan naar de hemel. De forensen wierpen in het voorbijgaan soms een blik op me en gooiden geld in mijn hoed. Ik zag hun luchtschepen hen opwaarts vervoeren naar de vroege ochtend, naar hun werk in Los Angeles, Nairobi, Edinburgh, Beijing. Ik dacht aan hun zielen die door de ochtendhemel schoten.

'Toen mijn vrouw stierf,' zei ik tegen de onderzoeker, 'hield ik de boerderij nog een jaar aan, toen dacht ik: bekijk het maar.'

Hij knikte, veinsde belangstelling, probeerde niet zenuwachtig te zijn, probeerde zichzelf ervan te overtuigen dat hij goed bezig was. Wat ik hem niet vertelde: zonder Talia voelde het alsof ik daarbuiten in mijn eentje in het niets zou kunnen oplossen. Het wás alleen ik, de hond en de agri-robots, dag na dag. Eenzaamheid verwoordde het bij lange na niet. Al die lege ruimte. 's Avonds zat ik met de hond op de veranda om het stille huis te vermijden. Ik speelde dat spelletje dat kinderen spelen, waarbij je door je oogharen naar de maan tuurt en jezelf bijna wijsmaakt dat je op het oppervlak de helderdere vlekken van de koloniën kunt zien. In de verte achter de akkers de lichtjes van de stad.

'Vindt u het goed als ik het opnameapparaat aanzet?' vroeg de onderzoeker.

'Ga je gang.'

'Oké, hij loopt. Dank u wel dat u tijd voor me vrijgemaakt hebt.'

'Graag gedaan, jongen. Jij bedankt voor de lunch.'

'Goed, even voor de volledigheid van mijn opname: u bent violist,' zei mijn vroegere ik.

Ik volgde het script. 'Inderdaad,' zei ik. 'Ik speel in de luchtschipterminal.'

Als ik niet in de luchtschipterminal viool stond te spelen, liep ik graag met mijn hond door de straten tussen de woontorens. Iedereen daar verplaatste zich sneller dan ik, maar wat zij niet wisten was dat ik me al veel te snel en te ver had verplaatst en genoeg had gereisd. De laatste tijd denk ik veel na over tijd en bewegen, over een rustpunt zijn in de continue jachtigheid.

OPMERKINGEN EN DANKWOORD

Het citaat op pagina 76, 'Het leven is geweldig als je niet zwicht', komt uit de roman *Mr. Standfast* van John Buchan uit 1919.

Het citaat van de vierde-eeuwse Romeinse soldaat en historicus Ammianus Marcellinus in hoofdstuk 3, over de Pest van Antoninus, is afkomstig uit *Boek XXIII* van zijn fascinerende geschiedenis van Rome.

Ik heb veel gehad aan de boeken *Voyages of the Columbia* (red. Frederic W. Howay) en *Scoundrels, Dreamers and Second Sons: British Remittance Men in the Canadian West* van Mark Zuehlke.

Veel dank aan mijn agent, Katherine Fausset, en haar collega's bij Curtis Brown, aan mijn redacteuren – Jennifer Jackson bij Knopf in New York, Sophie Jonathan bij Picador in Londen en Jennifer Lambert bij HarperCollins Canada in Toronto – en hun collega's, aan Anna Webber en haar collega's bij United Agents in het Verenigd Koninkrijk, aan Kevin Mandel, Rachel Fershleiser en Semi Chellas voor het lezen en becommentariëren van de eerste versies van dit manuscript, en aan Michelle Jones, de oppas van mijn dochter die voor haar zorgde als ik aan dit boek werkte.

Verantwoording van de vertaler

Het citaat van Marcellinus is overgenomen uit de vertaling van Daniël den Hengst, *Ammianus Marcellinus: Julianus, de laatste heidense keizer: nadagen van een wereldrijk* (Athenaeum–Polak & Van Gennep, Amsterdam 2013).

Het citaat uit *Koning Lear* van William Shakespeare is overgenomen uit de vertaling van A. Roland Holst (*Koning Lear*, Maatschappij voor Goede en Goedkoope Lectuur, Amsterdam 1914).

Het citaat uit *Hamlet* van William Shakespeare is overgenomen uit de vertaling van Peter Verstegen (*Hamlet*, Athenaeum–Polak & Van Gennep, Amsterdam 2013).

Het glazen hotel
Emily St. John Mandel
atlas contact
Van de schrijver van Station Elf
Roman

Emily St. John Mandel

Het glazen hotel

Er wordt een doodsbedreiging gegrift in de glazen muur van een vijfsterrenhotel op een eiland voor de kust van British Columbia. In Amerika stort een gigantisch ponzifraudesysteem in, met verstrekkende gevolgen voor ontelbare mensen. Jaren later verdwijnt een vrouw op mysterieuze wijze van het dek van een vrachtschip.

Terwijl deze ogenschijnlijk verschillende gebeurtenissen ingenieus met elkaar verweven worden, beweegt *Het glazen hotel* zich moeiteloos tussen het schip, de wolkenkrabbers van Manhattan en de wildernis van Vancouver Island. Tegelijkertijd schetst Emily St. John Mandel een adembenemend beeld van hebzucht en schuld, liefde en wanen.

'Een fascinerende leeservaring. [...] Als in een detective [krijgen] gebeurtenissen die aanvankelijk betekenisloos lijken en personages wier functie onduidelijk is, een logische plek in een groter geheel, waarvan omvang en bestaan slechts stapsgewijs worden onthuld.' ★★★★ – Hans Bouman, *de Volkskrant*

'Duizelingwekkende mozaïekvertelling over schuld en boete, tweede kansen en parallelle werkelijkheden. Verwachtingen glansrijk ingelost.' – VPRO *Gids*